講談社文庫

海戦

交代寄合伊那衆異聞

佐伯泰英

講談社

目次

交代寄合伊那衆異聞

海戦

◆『海戦──交代寄合伊那衆異聞』の主要登場人物◆

座光寺藤之助為清《ざこうじとうのすけためすが》　信州伊那谷《いなだに》千四百十三石の直参《じきさん》旗本・交代寄合衆《こうたいよりあいしゅう》座光寺家の若き当主。信濃一傳流《しなのいちでんりゅう》の遣《つか》い手。長崎で異国を知り、豪剣で数々の伝説を打ち立てる。

高島玲奈《たかしまれいな》　長崎町年寄《まちどしより》・高島了悦《りょうえつ》の孫娘。藤之助と上海《シャンハイ》に密航。〝黙契《もっけい》の妻〟となった。

文乃《あやの》　座光寺家江戸屋敷の奥女中。武具商甲斐屋佑八《かいやすけはち》の娘。藤之助の帰郷に同行。

片桐朝和神無斎《かたぎりあさたかじんむさい》　伊那の座光寺家の陣屋《じんや》家老。藤之助の剣の師で信濃一傳流の奥傳《おうでん》を授けた。

古舘光忠《ふるたちみつただ》　座光寺家家臣。重臣片桐朝和の甥《おい》で、後継と目されている。

内村猪ノ助《うちむらいのすけ》　座光寺家家臣。山吹《やまぶき》陣屋一の鉄砲撃ち。田神助太郎《たがみすけたろう》とともに藤之助に随行。

千葉栄次郎《ちばえいじろう》　北辰一刀流《ほくしんいっとうりゅう》千葉周作《ちばしゅうさく》の次男。軽業《かるわざ》栄次郎と呼ばれる、藤之助の剣友。

滝口冶平《たきぐちじへい》　御船手《おふなて》同心。訓練船となった西洋式帆船ヘダ号に主船頭として乗り込む。

男谷精一郎《おだにせいいちろう》　先手組。講武所《こうぶしょ》の頭取。直心影流《じきしんかげりゅう》の達人で、勝麟太郎《かつりんたろう》の又従兄弟《またいとこ》にあたる。

椚田太郎次《くぬぎだたろうじ》　長崎江戸町惣町乙名《そうまちおとな》。藤之助のよき支援者。

後藤駿太郎《ごとうしゅんたろう》　京の茶道具の老舗《しにせ》後藤松籟庵《しょうらいあん》の跡取り。文乃との婚儀が決まっている。

黄武尊《こうぶそん》　長崎唐人屋敷の長老で筆頭差配。

老陳《ろうちん》　唐人の闇組織・黒蛇頭《くろじゃとう》を率いる。藤之助を仇敵《きゅうてき》とする。

堀田正睦《ほったまさよし》　老中首座。蘭癖《らんぺき》と称されるほどの開国派で、溜間詰《たまりのまづめ》の重臣では異色。

陣内嘉右衛門《じんないかえもん》　堀田正睦配下の年寄目付。藤之助の技倆《ぎりょう》をよく知る。

タウンゼント・ハリス　亜米利加《アメリカ》総領事。日米間の条約締結、将軍徳川家定《とくがわいえさだ》への謁見《えっけん》を望む。

第一章　文乃《あやの》の決断

一

晴れ渡っていた相模湾《さがみわん》は一転俄《にわ》かに掻《か》き曇《くも》り、大粒の雨と風が幕府御用船の帆《ほ》を叩《たた》き、雨粒が揚《あ》げ蓋《ぶた》甲板の上に落ち始めた。

相模湾の沖合を塞《ふさ》ぐように浮かんでいた大島《おおしま》の島影がすうっと消えて、舳先《へさき》が大きく上下し始めた。

甲板上にいた乗員たちは慌《あわ》てて船倉を改造した船室の中に逃げ込み、風雨を避けた。

だが、それも四半刻《しはんとき》とは続かず、波が静まった気配があった。

座光寺藤之助《ざこうじとうのすけ》は待ちかねていたように藤源次助真《とうげんじすけざね》を手に陰鬱《いんうつ》な船室から甲板に戻っ

た。すると幕府御用船の舳先の前方の空に三浦《みうら》半島と房総《ぼうそう》半島に跨《また》がるように大きな虹の橋が架かっていた。

「虹が出ておるぞ、天気は回復したぞ！」

と藤之助は船室に向かって叫ぶと舳先に駆け上がった。

晴れ間が広がり油壺《あぶらつぼ》など浜が見えてきて、その突端に城《じょう》ヶ島《しま》が半島と重なるようにあった。

「あれ、いつの間にこのような大きな虹が」

と文乃《あやの》の声がして、ばたばたと鳴る一枚帆の下を潜《くぐ》り、姿を見せた。

「文乃、船に慣れたようじゃな」

藤之助が舳先から文乃に笑いかけた。

「天竜《てんりゅう》下りの川船から南蛮の軍艦、さらには長崎会所《かいしょ》のクンチ号と乗りついで、船酔いにもいつしか慣れましたよ。それもこれもだれか様のお陰です」

「文乃、舳先に上がれ。見通しがよいわ、気持がいいぞ」

藤之助が手を差し伸べて文乃の手を摑《つか》み、幕府御用船の舳先に引き上げた。

文乃の髪をなぶって雨上がりの風が吹いてきた。

「あれ、陸影が。江戸にございますか」

「下田湊《しもだみなと》を出て一刻やそこいらで江戸に到着するものか。風次第だが一日はたっぷりかかるわ。文乃、そなたが見ておるのは三崎《みさき》の城ヶ島よ」

「江戸はまだまだでございますか」

「三崎を回り、房総と三崎で狭められた浦賀《うらが》水道を抜けるとその奥に江戸が控えておるのだ。うまくいって夕暮れ前と思え」

文乃が風に乱れた髪を片手で押えて行く手をじっと見詰めた。

座光寺家の若い当主の参府《さんぷ》御暇《おいとま》の一行に従い、信濃伊那谷《しなのいなだに》の山吹陣屋《やまぶきじんや》を訪ね、さらに老中首座堀田正睦《ほったまさよし》の命により豆州《ずしゅう》下田湊に急行した藤之助に従い、日米和親条約の修補条約締結に立ち会ってきた。押し寄せる時代の激動を肌で体験してきた文乃は、いささかのことには動じないようになっていた。

「文乃、後藤松籟庵《ごとうしょうらいあん》の嫁は、なんとも胆《きも》が据《す》わっておるわ。亭主どのが愛想を尽かさねばよいがのう」

「その時は、玲奈《れいな》様にお願い申して水澄ましのような小帆艇《しょうはんてい》レイナ号に乗せて頂きましょう」

「高島《たかしま》玲奈と同じようなじゃじゃ馬がもう一人できよるか。それもよかろう」

「真《まこと》ですか」

文乃は目を輝かせて藤之助を見た。

「じゃが、文乃、駿太郎《しゅんたろう》どのがそなたを手放す筈《はず》もない」

「そうでしょうか」

「文乃、とくと聞け。この船が三崎を回り、江戸湾に入った後には此度《こたび》の旅のことは胸の奥底に仕舞《しま》って、忘れよ。そなたが幸せになる道ぞ」

文乃は直《す》ぐに返答をしなかった。

「かように激しく動く時代の先端を見たそなたに、それを忘れよと命じたところで無理とは分かっておる。だがな、人にはそれぞれ歩むべき道がある」

文乃は答えない。

「後藤松籟庵の嫁になること、それを選んだのは文乃、そなた自身じゃぞ。まず足元を固めて、異国から吹きつける嵐を正面から受け止めるのだ。一人ひとりが浮ついていてはこの国は滅びる」

この国、と藤之助が表現したのは徳川《とくがわ》幕府が統治する国ではない。三百諸侯のもと、人々が住まうこの島国のことだ。

二人にとって徳川幕藩体制が早晩崩壊するのは自明のことだった。

文乃も今やいかに異国の軍事力が強大で、科学、商業、医学などが進歩しているか承知していた。

　徳川幕府が滅亡しようという最中、嫁に行くことがよいことかどうか、文乃には一《いち》抹《まつ》の迷いが生じていた。だが、藤之助はそのことが大事だと繰り返し告げていた。

「分かってはおります。ですが」

「文乃、その先は口にするな。それがしも同じことよ、一年先など読めぬことがな。文乃と知り合うたとき、それがしは伊那の山猿であった。われらはしっかりと自らの二本の足で立たねばならぬ。他人に寄りかかったり、腰が浮わついていては激動の時代に流されて飲み込まれる。どのような嵐が吹こうとも、この両眼を見開いてわが眼で確かめるのだ、起こっていることの真実をな」

「後藤松籟庵に嫁に入り、駿太郎様の傍《そば》から世間の動きを見詰めよと申されるのですね」

　文乃はこの旅で何度も繰り返した問いを発した。

「いかにもさようじゃ」

「藤之助様にお会いしたのは文乃の不幸であり、幸せにございました」

　と言い残した文乃が、舳先を下りて船室に姿を消した。

　藤之助は助真を突いて幕府御用船の舳先に屹立《きつりつ》していた。

段々と城ヶ島の陸影が左舷船縁《さげんふなべり》に移り、三崎を回り込むように船は東進して相模灘の荒波に揉《も》まれ始めた。

嘉永《かえい》六年（一八五三）六月三日、浦賀沖に巨大な外国船が姿を見せた。

黒煙を上げて自走する蒸気砲艦二隻と帆船二隻の計四隻だ。

ペリー提督が率いる亜米利加《アメリカ》東インド艦隊だ。

外洋では石炭を節約するために帆走につとめてきた艦隊は、浦賀沖に停泊する二日前に蒸気機関を動かし、自力航行に切り替えていた。

さらに伊豆沖では、艦隊の十インチ砲二門、八インチ砲十九門、三十二ポンド砲四十二門、都合六十三門の大砲の砲門を開いて、いつでも砲撃態勢に入れるように準備してもいた。

それが幕府の永き眠りを覚ます騒ぎの発端であった、と藤之助は長崎で、上海《シャンハイ》で、下田で見聞したこととともに歴史を反芻《はんすう》していた。

人の気配がした。

振り向くと堀田正睦配下の年寄目付、陣内嘉右衛門《じんないかえもん》が舳先に上がってきた。そして、最前まで文乃がいた藤之助の傍《かたわ》らに立つと、

「文乃には過酷な旅であったかのう」

と言った。

嘉右衛門はなにを見たのか。

「陣内様、すっきりとせぬ気持、それがしにも察しがつきます。ならば、見なかったほうが幸せかと問い直せば、その問いに答えるのも簡単ではございますまい。ただ今苦しくても、見た人間は見なかった者より知恵が付いておるはず。文乃にとって後々役に立つ、けして悪い体験ではなかろうと考えます」

「そなたらしい割り切り方よのう。幕閣にはそこまで腹が据わった方がおられぬわ。外国との対応は思い付きにして朝令暮改、筋が通っておらぬ分、異国の面々に見透かされてしまう」

と嘉右衛門が苦々しく吐き捨てた。

幕府御用船は、城ヶ島を後ろに従え、剣崎《けんざき》を回り込もうとしていた。

「わずか四隻の軍船に幕府も砲台も沈黙したままであった」

と嘉右衛門は最前まで藤之助が物思いに耽《ふけ》っていたことを見通したように、その驚《きょう》愕《がく》の日々を振り返った。

「嘉永六年六月三日のペリー艦隊来航に対して、幕府は十五年前に定めた天保《てんぽう》の薪水《しんすい》給与令《きゅうよれい》で対応しようとした」

天保の薪水令とは領土内に交易などを求めてやってきた外国船に対して薪《まき》、水などを補給させて長崎に回るように説得する穏健策だった。

だが、もはやそのような小手先の対応ではどうにもならない外国列強の、

「日本開港」

を要求する先陣争いに晒《さら》され、有効な防衛策が取れないでいた。

「見てみよ」

と嘉右衛門が剣崎を回り込んだ浦賀水道を指した。

「あの騒ぎのとき、この三浦半島は譜代の川越《かわごえ》藩松平《まつだいら》家、彦根《ひこね》藩井伊《いい》家、向こうに見える安房《あわ》は忍《おし》藩松平家、会津《あいづ》藩松平家の四家が海防に就《つ》いておられた。この四藩はどこも海と接しない内陸の藩じゃぞ、この四家にいかなる海防策をとれというのだ。そこで翌年には江戸湾口の固めになんの有効な武力をもたぬ譜代四藩から熊本藩細川《ほそかわ》家、長州《ちょうしゅう》藩毛利《もうり》家、岡山藩池田《いけだ》家、柳河《やながわ》藩立花《たちばな》家と西国筋の外様の中、大藩に代わった。じゃが、これとてなんの役にも立たぬのは、そなたに説明するまでもあるまい」

という嘉右衛門の声は疲れていた。

「ペリー艦隊は十日ほどの滞在で江戸湾を去った。近々大艦隊を率いて再度来航する

ことを言い残してな。あの騒ぎから四年、幕藩体制はがたがたに揺らぎ続けておる。それほどの激変がわれらの美しい島を襲うておるというに、幕閣は十年一日のようにしか見えぬ。この四年の歳月を有効に使うたのは列強各国よ、一方、われらは言わずもがなのこの惨状じゃ」

「陣内様、この四年、われらが行うべきであった有効な手立てはなんでございますな」

「長崎、江戸と列強に抗するための策はそれなりに取ってきた。長崎海軍伝習所しかり、江戸の講武所《こうぶしょ》しかりだ。だが、二百数十年の眠りで後れをとった国力の差は大き過ぎる。どれもが直ぐには役に立たぬ」

「いかにもさよう心得ます。されど勝麟太郎《かつりんたろう》様方の日夜の努力をなんとしてもその時に役立てるようにするのが、幕府のつとめにございましょう」

「それにしても差が大きいのう」

と嘉右衛門が呟《つぶや》いた。

「陣内様、それがしを江戸に同道なされるには理由がございますので」

藤之助は話柄《わへい》を変えて尋《たず》ねた。

下田湊での日米和親条約の修補条約締結の後、亜米利加合衆国の初代の特命全権総領事タウンゼント・ハリスの次なる野望は、亜米利加合衆国大統領の親書を将軍家定《いえさだ》に直《じか》に手渡すこと、そして、列強の先陣を切って日本との通商条約締結の道を開くことであった。

ためにハリスはなんとしても下田を離れて江戸に出府することを望んだ。

下田湊から長崎会所の中型帆船クンチ号と小帆艇レイナ号が東国に去った翌日、陣内嘉右衛門は文乃を乗船させて下田を発《た》って、江戸に戻る予定であった。

その前夜、藤之助は嘉右衛門に安乗楼《あんじようろう》の部屋に呼ばれ、

「座光寺藤之助、明日出帆《しゆつぱん》の予定の御用船に同乗せよ、そなたらも江戸に一旦《いつたん》戻れ」

と命じられていた。

「講武所軍艦操練所付教授方兼異人応接掛《がかり》」

という長ったらしい職階は、老中首座堀田正睦の直々《じきじき》の命で慌《あわ》てて作られたものだ。まあ、言わば堀田および年寄目付陣内嘉右衛門の配下と見なされ、陣内にはこれまで、どのを付けて呼ばれていたが、藤之助と呼び捨てに変っていた。

「承りました」

と聞くしかない。

座光寺藤之助の江戸呼び戻しが嘉右衛門一人の考えか、江戸城の意向が働いてのこ

とか、藤之助には察しがつかなかった。

「そなたの江戸呼び戻しは幕閣の命である」

と嘉右衛門は告げた。だが、幕閣のだれかの言及はない。

藤之助は嘉右衛門を見た。

嘉右衛門は剣崎をすでに回り、浦賀水道に突入する船上から房総の陸影を見ていた。

「ハリス総領事の江戸出府を止める手立てはない」

「家定様とハリス総領事が面会するということにございますか」

「いかにもさよう」

と答えた嘉右衛門は、

「幕府ではその時期をできるかぎり後ろに設定したいと思うておる。どこまでそのような策が通じるか」

「三度《みたび》、亜米利加国の艦隊がやってくると申されますか」

「その暇はあるまい」

「暇がない」

「余裕と言い換えてもよいか。そなたは上海を承知だ、説明の要もあるまいが、亜米利加国の立場は弱い。座光寺、列強の中で一番の強国はどこか」

しばし藤之助は考えた上で、

「アヘン戦争において清《しん》国を破った英吉利《イギリス》国かと存じます」

「いかにもさよう。この英吉利とはわが国と同じような島国、周りを海に囲まれておるとか。亜米利加国は元々英吉利国の植民地であったそうではないか、今から八十一年前に独立した新興国じゃそうな。国土は無辺じゃが、建国の歴史が新しいだけに無理もしておる。例えばペリー提督の東インド艦隊はどこから参ったと思う、座光寺」

「亜米利加国はわれらが背後の大海原を東にいったところにあるそうにございますな。当然、自走砲艦サスケハナ号はこの海を渡ってきたのでございましょう」

「違う」

と陣内嘉右衛門は否定し、南を指した。

嘉永六年、浦賀沖に停泊したペリー提督の東インド艦隊は、

「われら四隻の艦隊なれど、わずか十八日で本国から五十余隻の大艦隊が海を渡って応援に駆け付けることができる」

と豪語し、砲艦外交を最大限に繰りひろげようとした。この太平洋横断十八日の根拠は、

「十分に石炭を積載した蒸気砲艦であれば速度十八ノットで一航海に九千六百マイルの航海が可能であり、亜米利加本国から日本に十八日」

で到達できるという計算であった。

そのことを藤之助も長崎や上海の船旅で知識を得、また経験していた。

「座光寺、ペリーが座乗してきた旗艦サスケハナ号は千石船の大きさの八倍、全長二百三十尺余と、とてつもなく大きな軍艦じゃ。この船は海軍の本家の英吉利国の軍艦より大きなものよ。だがな、この大艦には弱点がある。燃料の石炭を大量に使うことだ」

「どういうことです」

「そこだ」

と応じた嘉右衛門は、

「最初に来たペリー艦隊は、亜米利加国東海岸のノーフォーク湊を出て、大西洋なる大海原を横断し、さらに阿弗利加《アフリカ》なる大陸の南の喜望峰《きぼうほう》なる岬を越えて、インド洋と申す、日差しが燦々《さんさん》と降り注ぐ海を渡り、新嘉坡《シンガポール》に到着した。さらに香港《ホンコン》、上海、那《な》覇《は》、小笠原《おがさわら》諸島を経て、江戸湾に到着しておる。この地球を四分の三周もし、約八ヵ月にもおよぶ大航海の末にようよう浦賀沖に辿《たど》りついたのだ」

「なぜ、この背後の海原を渡ってこなかったのでございますか」

藤之助は即座に問い返した。

「大艦が自走するには大量の石炭が必要と申したな。新興国亜米利加は、大艦船を造船し得ても石炭の補給地を持たない、ゆえに宗主国英吉利の補給地を借りねば日本への航海はできぬのだ」

ふーうっ
と藤之助は溜息《ためいき》を吐《つ》いた。

長崎から上海までの航海でも十分に長く感じた。それをペリー提督の東インド艦隊は八ヵ月余の長い船旅を経て、江戸湾に入ってきたのだ。

「陣内様、亜米利加国がもっとも必要としているのは十八日で渡りきる背後の大海原に補給線を持つことにございますか」

「いかにもさよう、その終着の拠点をわが国土に数ヵ所得たいのだ」

「ハリス総領事は、そのために一日でも早く江戸に上り、家定様のお許しを得たいのですね」

「ということだ」

「ですが、待ち構えるわが幕閣は右往左往するばかりで統一した考えを打ち出せないでいる」

「最前申したな。ハリスはなんとしても江戸に上り、家定様との面会を実現したいと」

「はい」

「ハリス出府の道中で騒ぎが起こったとせよ」

「亜米利加国東インド艦隊は必ずや、この江戸湾に戻ってくると申されますか」

「清国で交易などを主導するのは英吉利国よ、亜米利加としてはなんとしてもこの日本での主導権を握っておきたい。そなたが推測したようにハリスに危害が加えられるようなことがあれば、それを口実に、ペリーは自分の支配下に集められる最大限の砲艦を率いて戻ってくる。そのときは砲艦外交などという生易《なまやさ》しいものではなかろう。問答無用の砲撃戦となり、江戸など一夜で瓦解《がかい》する」

その推測は藤之助にもついた。上海での光景が目に浮かんだ。

「座光寺藤之助、そなたの江戸呼び戻しとは明らかに、亜米利加国との交渉の最中に起こり得る騒ぎを未然に防ぐためであろうと、この嘉右衛門は推測しておる」

幕府御用船は四年前に四隻の黒船、亜米利加海軍東インド艦隊が碇《いかり》を下ろした浦賀湊に入っていこうとしていた。

二

観音崎《かんのんざき》と富津岬《ふっつみさき》は江戸湾への海の門であった。

浦賀奉行所は海の門の手前にあった。

その前身は、豆州下田の須崎浦《すざきうら》に今村彦兵ヱ《いまむらひこべ》重長《しげなが》が同心五十人を従え、仮番所を設けて初代の下田奉行を務めたことにあった。

元和《げんな》二年（一六一六）のことである。

この折は、江戸に入津《にゅうしん》する廻船《かいせん》の荷を点検して、通航の切手を与えるもので単なる、

「海の関所」

であった。

この下田番所は元和九年（一六二三）に下田の大浦《おおうら》に本格的な番所屋敷が建設され、その後およそ百年にわたり江戸へ流入する積み荷の廻船改めが行われてきた。そして、八代将軍吉宗《よしむね》が将軍職を継いだ後、享保《きょうほう》の改革の断行で浦賀に役割を転じてきた。

江戸への海の関所なれば、下田より近い浦賀というわけだ。

だが、移転の真の理由は、
一に、下田湊を素通りする廻船の存在。

二に、たがいに利を争う樽《たる》廻船、菱垣《ひがき》廻船などの商売船が下田の商人と結託して下田近くの別の湊に入って闇取引が横行した事。

といわれる。

後者の闇取引の撲滅こそ享保の改革の目的の一つであったのだ。

浦賀は海の関所として始まった。むろん検査の積み荷とは国内の流通物品だ。鎖国政策下の海の関所に過ぎない。

だが、嘉永六年、浦賀奉行所を震憾させる事件が起こり、浦賀奉行の役目も大きく変化を迫られた。

ペリー提督の東インド艦隊の来航だ。

驚天動地の出来事だったが、浦賀奉行とその属僚らは懸命かつ見事に開国の舵取《かじと》りをしてのけたと言わざるをえない。

歴史に残る日、浦賀奉行の戸田《とだ》伊豆守は与力・同心・足軽などを率いて、久里浜《くりはま》海岸で砲術師範下曾根金三郎《しもそねきんざぶろう》の指導の下、砲術演習を行っていた。

その最中、昼下がりの八つ半（午後三時）頃、沖合で鮑《あわび》を採っていた漁師が舟を浜に漕ぎ付けて、

「異国の大船が浦賀水道を侵入」

してくることを告げた。さらに三崎役宅詰めの急使が、

「城ヶ島沖合に四隻の異国船」

の姿を見たと知らせてきた。

戸田奉行が直ちに砲術演習を中断して奉行所に戻ると、すでに四隻の異国船は浦賀沖を通過して鴨居《かもい》の鳥《とり》ヶ崎《さき》沖に停泊していた。

大騒ぎの始まりであり、鎖国から開国へと大きく幕府の政策が転換するきっかけになった出来事である。

四隻の軍艦は川越藩松平家が防備する鳥ヶ崎沖に静かに停泊していた。

奉行の戸田は江戸へ急使を送ると同時に、阿蘭陀《オランダ》通詞《つうじ》堀達之助《ほりたつのすけ》と与力の中島三郎助《なかじまさぶろうすけ》を旗艦のサスケハナ号に向かわせた。

堀は甲板の水兵が母国語しか解せないことを想定し、

「アイ　キャン　スピーク　ダッチ」

と英語で阿蘭陀語を話すことを告げた。

亜米利加国との長い外交交渉の始まりであった。

あの騒ぎより四年、数々の激流が徳川幕府を襲い、揺るがした。

今、幕府御用船から見る浦賀奉行所は激しく動く時代のただ中にあって、静かにその変化を見詰めている様子が窺《うかが》えた。

「ちと用向きがあるゆえ上陸致す、座光寺、付き合ってくれ」

と陣内嘉右衛門が藤之助に言った。

浦賀奉行所を望む沖合に停泊した御用船から伝馬舟《てんまぶね》が下ろされた。

嘉右衛門と藤之助を乗せた伝馬舟が御用船を離れた。

黒船来航と呼ばれた事件は、幕府中枢部にある幕閣に連なる人々には予測がついたことであった。

その前年、長崎の阿蘭陀商館長ドンケル・クルチウスは「当子年《とうねのとし》阿蘭陀別段風説《ふうせつ》書《がき》」を老中首座の阿部正弘《あべまさひろ》に上げ、極秘外交文書は城内の溜《たまりのまづめ》間詰の諸侯に回達された。

だが、この亜米利加東インド艦隊の来航を予測する「阿蘭陀別段風説書」は、きちんと読まれたわけではなかった。それが浦賀奉行戸田伊豆守らを驚愕させた理由となり、重大な情報すらないがしろにした幕府の無策は、ハリスの要求に苦慮する今度の慌てふためきぶりに表れている。

嘉右衛門と藤之助を乗せた伝馬舟は、元船改めの西浦賀番所の波止場《はとば》に接岸した。船蔵や下田問屋会所の建物に囲まれた空き地では、東西浦賀奉行所与力・同心百人余りが射撃訓練を始めるところであった。

特設された見所《みどころ》には甲府《こうふ》勤番支配から浦賀奉行に就任したばかりの小笠原長門守長常《ながとのかみながつね》が閲見《えっけん》していた。その傍《かたわ》らには腹心や下田問屋会所の町役人らが射撃訓練の様子を見守っていた。

藤之助は与力・同心が携帯する銃が、前装単発のミニエー・ライフルであることを確かめていた。

玲奈ら長崎会所の所有船クンチ号が船倉に二千五百挺《ちょう》ものライフルと大量の銃弾を積み込んでいたが、そのライフルと同じものだ。

ミニエー・ライフルの特徴は射程距離九百尺でも命中率五割以上の精度にあった。たしかに優秀なライフルであったが、小銃の主流は後装連発銃に移っていた。

武器先進国は自国で売れなくなった前装単発式銃の販売先をアジア諸国に求めて、激しい売り込み合戦をかけていた。その一環でミニエー・ライフルが浦賀奉行所に装備されたのであろう。だが、つい最近まで火縄銃が主力であった日本では最新鋭のライフルといえた。

「第一小銃隊、構え！」

と先任与力が号令を発して、三十余人の第一小銃隊がほぼ一丁先の板で作られた的を狙った。

「発射！」

三十挺余のミニエー・ライフルが一斉《いっせい》に銃口から火閃《かせん》を放って銃弾を送り出し、半分ほどの銃弾が的を射抜いていた。

「お奉行、半年前よりも格段の進歩にござるな」

陣内嘉右衛門が小笠原に声をかけた。

「おお、陣内様、下田での交渉ご苦労に存じました」

「なんの、こちらはただの年寄目付、蔭から見守っていただけでござる」

小笠原と陣内が話す間、射撃演習は中断していた。

「小笠原どの、われらもこちらで見物させてもらうで演習を続けられよ」

と嘉右衛門がいい、小笠原が藤之助のことをちらりと見た。そして、射撃演習が再開された。

第二、第三小銃隊ともに命中率はほぼ第一小銃隊と同じ、半分ほどの命中率だ。

「小笠原どの、的までの距離は一丁ほどか」

「ほぼ同じ三百尺にございます。ライフル銃なればもう少し射程距離を伸ばして命中率を高めませぬと実戦には使えますまい」

「いかにもさよう」

「なんぞ手立てがあればよいのですが、実弾も少なく、実弾演習の機会も限られておりますでな」

と小笠原が言い訳をして藤之助を見た。

「陣内様のご家来にかような偉丈夫《いじょうふ》がおられましたかな」

「引き合わせておこうか。長崎海軍伝習所剣術教授方から講武所軍艦操練所付教授方にして異人応接掛、平たく申せば堀田正睦様直属を命じられた座光寺藤之助どのにござる」

と嘉右衛門が小笠原に紹介し、藤之助が会釈を送った。

「このご仁が長崎に、下田に大騒ぎを巻き起こしたご仁にござるか」

「浦賀でも座光寺の噂は伝わっておりますか」

「異人並みの体格と聞いておりましたが、いかにもさようにござるな」

「他に」

「剣術の達人にして銃の名手との風説も届いております。もし真実なれば、わが浦賀奉行所小銃隊にお手本を見せていただけぬか」

どこか藤之助の腕前を試そうという口調で小笠原が願った。

「どうだ、座光寺」

藤之助は首肯《しゅこう》した。

「どなたかミニエー・ライフルをお貸し頂けますか」

藤之助の言葉に小銃隊を指揮する先任与力が自らのライフルを差出し、

「銃弾は装塡《そうてん》されております」

と言った。

「忝《かたじけな》い」

藤之助は無造作に三つの小銃隊が待機する場所へと歩み寄り、三百尺先の的を見た。

その行動を与力・同心らで編制された小銃隊の面々が興味津々《しんしん》に見守っていた。

藤之助はミニエー・ライフルを下げて的から反対の方角に歩き出した。

おおっ！

というどよめきが起こった。

藤之助が足を止めたのは、的からおよそ二丁半の距離だ。

「陣内様、座光寺どのはこの距離から的を射抜くと考えておられるか」

「さあてのう、あの者の行動はそれがしにも皆目見当つかぬでな」

藤之助がミニエー・ライフルを右手から左手に持ち替えると的とのほぼ中間点にいた小銃隊の与力・同心が慌てて射撃線から遠のいた。

藤之助は地面の土を指先でひと摘《つ》まみし、撒《ま》いた。

土の散り具合で風が海側から陸地へと緩やかに吹いているのが分かった。

息を整えた藤之助は、ミニエー・ライフルを構えると照門と照星と的を一直線に結んだ。そして、風具合を勘案してわずかに海側に狙いを移動させた。

一発しか機会はない。

藤之助は引き金を引くのではなく、絞り落とすように作動させた。

肩に衝撃を残して、ミニエー銃特有の銃弾底部の凹みがガス圧で広がって、円錐《えんすい》型の鋳造鉛弾に回転を与えて発射させた。

二丁半の距離を緩やかな弧を描いて飛んだ銃弾が板の的の真ん中に命中し、的を二つに割り飛ばした。

うおおっ！

というどよめきが起こった。

藤之助は小笠原に向かって一礼するとゆっくりとした歩調で先任与力の傍《そば》に戻り、

「手入れがようなされておりますな」

とミニエー銃を返した。

「驚きました。われらは三百尺がせいぜいです。それを座光寺どのは二丁半先から見事に射抜かれた」

「慣れにございます。ミニエー・ライフルの有効射程は、九百尺余で命中率は五割を超えると聞いたことがございます。訓練次第で戦場でもその水準近くには習熟なされよう」

「今のわれらには夢想もできぬ」

と先任与力が正直な気持ちを吐露した。

「今一度射撃場をお借りする」

「装弾させます」

いえ、と断った藤之助は、

「座興とお笑い下されよ」

というと最前小銃隊が的を狙っていた射撃線に立った。

三百尺先に一尺四方の板が並んでいた。

小銃隊の面々は、大小を腰から抜き取って無腰になった藤之助を、

「なにをする気だ」

という表情で眺《なが》めていた。

藤之助は、的の背後の空を見ていた。

青い空に雲が一片浮かんで西へと流れていた。

藤之助の視線が的に下がり、右手がゆっくりと襟《えり》の間に突っ込まれて、
すうっ
と黒光りする銃が引き出された。

脇の下の革鞘《ホルダー》に収まっていたホイットニービル・ウォーカー四十四口径の輪胴式連《リムファイヤー》発短銃《リボルバー》だった。

藤之助の右腕が一直線に伸びて、引き金が絞られ、見物人の腹に応える重い銃声が響いた。さらに銃口がわずかに移動するとさらに二弾目、三弾目が放たれて、板の的が次々に木《こ》っ端微塵《ぱみじん》に吹き飛んでいった。

全弾六発の銃弾が瞬《また》く間に撃ち出されて、六枚の的が消えてなくなっていた。

四十四口径の威力をまざまざと見せ付けられて、浦賀奉行所の与力・同心百人ほど

が呆然自失《ぼうぜんじしつ》として言葉を失っていた。

藤之助は、輪胴《シリンダー》をずらして空の薬莢《やっきょう》を振り落とすと懐《ふところ》に用意していた銃弾を装塡した。

「陣内様、かような人物がわが幕府におりましたか」

「出は伊那谷の山猿と当人が称しておる。交代寄合《こうたいよりあい》伊那衆の一家の当主じゃが、却《かえ》って江戸で生まれ育たなかったのがよかったかもしれぬ。異人にも物おじせぬでな、平然としておるわ」

嘉右衛門が自慢げに言うと、

「小笠原どの、ちと内々にな、話がござる」

と用事があって浦賀奉行所に立ち寄ったことを伝えた。

二人が奉行所御用部屋に消えて、藤之助の周りに与力・同心が集まってきた。

「座光寺どのと申されるか」

先任与力が藤之助に尋ねて、藤之助が頷《うなず》いた。

「そなたがお持ちの短筒は連発が利《き》くのですな」

藤之助は嵌め込んだばかりの輪胴を外して見せた。六発射撃した銃身は熱を持っていた。

「異国の銃器は小銃もミニエーのように前装式ではなく後装式に変わり、銃身の内部に施条溝《しじょうこう》を刻んで回転させながら撃ち出す方式に変化しております。そのほうが銃弾の飛翔が安定するそうです」

「それがしにその短筒を持たせてくれませぬか」

「どうぞ」

と藤之助が差出し、先任与力が自らのミニエー・ライフルを配下の同心に預けると受け取り、両眼を見開いた。

「なんと座光寺どのはこの重たい短筒を片手で操作なされるか」

「撃ち出す弾が四十四口径と大きいゆえ火薬の量も多うござる。それだけに破壊力は大きいが反動を御するのも大変にござってな、非力な者は両手に構えて射撃を致す」

ほほう、と先任与力が両手で構えて銃口を虚空に突き出した。

「腕は曲げぬほうがよろしかろう」

藤之助は、両手の保持の仕方や腕の伸ばし具合を直し、

「どうです、試しに撃たれぬか」

「なにっ、それがしに試してよいと申されるか」

「最初から連続射撃は無理ゆえ、一発一発を丁寧《ていねい》に撃たれることです」

よし、と自らに言い聞かせるように先任与力が両手撃ちの構えで的を狙い、その構えをまた崩したりしながら神経を集中させていった。

見物する同輩たちが両耳を手で覆《おお》った。

ふうっ

と息を吐き、引き金に掛った指が絞られた。

ずずーん！

と銃声が響き、銃口が跳ね上がり、先任与力の両足が虚空に上がって、背中から、

どさり

と落ちた。すべての動きが一瞬の裡《うち》に起こったのだ。

「大丈夫ですか」

「な、なんと」

先任与力が立ち上がるのを藤之助が助けると、

「驚きました。このような短筒を軽々と操作する座光寺どのはなんという人物か」

「異人の中には、このようなリボルバーを両手に二挺保持して馬上から走りながら射撃する者もおります」

「鉄砲一つをとっても彼我《ひが》の差は大きいのう」

と落胆する先任与力に、

「それゆえに日々の演習を怠《おこた》りなく繰り返されることです」

「差は縮まろうか」

「異人に倍する演習が必要でしょうが、必ずや対等に戦える時代が参ります。諦《あきら》めてはなりませぬ」

藤之助の念頭には長崎の海軍伝習所で日夜勉学に励む勝麟太郎らや思わぬ事故を切っ掛けに異国への旅に出た能勢《のせ》隈之助《くまのすけ》の姿があった。

「分かりました」

と先任与力が自らを鼓舞するように返事をしたとき、御用部屋から陣内嘉右衛門ひとりが姿を見せて、

「座光寺、今日の内に江戸に戻ろうぞ」

とその後の行動を告げた。

三

幕府御用船は、浦賀から順風を受けたこともあってその日の夕暮れ前に講武所の敷

地から突き出した船着場に接岸した。するとその近くに馴染《なじ》みの江戸丸《えどまる》が帆を休めていた。それを確かめた陣内嘉右衛門が、

「戻っておったか」

と呟いた。

この江戸丸、御船手奉行向井将監《おふなてぶぎょうむかいしょうげん》の支配下の帆船で、船頭は御船手同心の滝口治平《たきぐちじへい》に指揮されて、嘉右衛門の手足になって動いていた。だが、乗組の者に覚えはなかった。治平らはどこか別の船に転属になったか。

江戸湾の奥にはもう一隻懐かしい船が静かに停泊していた。

藤之助は佃島《つくだじま》沖に錨泊《びょうはく》する木造外輪船、練習砲艦の船影を懐かしく認めていた。阿蘭陀国王ヴィルレム三世から将軍家定に贈られた三檣《しょう》スクーナー、観光丸《かんこうまる》は長崎以来の数々の思い出が刻まれた船だった。

長崎から江戸へ回航してきたのは矢田堀景蔵《やたぼりけいぞう》ら長崎の海軍伝習所育ちの面々で、一緒に藤之助も乗船して江戸に戻ってきたのだ。今では観光丸も講武所軍艦操練所に所属する練習艦だった。

長崎から江戸への帰着はわずか二月前の出来事だったが、藤之助には何年も昔の遠い記憶に思えた。

藤之助は観光丸から陸地に視線を戻した。

幕府講武所は安政《あんせい》三年（一八五六）四月開所したばかりだ。一年数ヵ月が過ぎて敷地の中の植栽も緑の葉を茂らせて、南小田原町《みなみおだわらちょう》の景色に馴染《なじ》んでいた。

元々この敷地は紀伊《きい》藩下屋敷で、それを利用して建てられたものだ。

講武所は堀を挟んで南に安芸《あき》広島藩浅野《あさの》家の下屋敷があり、西側と北側の二方向は南小田原町と南　本郷町《みなみほんごうちょう》の町屋に囲まれ、東が江戸湾の海に接していた。

「座光寺、ちと講武所に顔出ししていく」

「ならばそれがしもお伴致します」

藤之助の身分はかたちばかりでも講武所の教授方であった。当然、江戸帰着の挨拶《あいさつ》に出向く先である。

藤之助が従者の古舘光忠《ふるたちみつただ》らを振り返り、

「そのほうら屋敷に先に戻っておれ」

と命じると、

「いえ、われら門前にて藤之助様の御用が終わるのをお待ちします」

と願った。すると、

「帰着の挨拶ゆえそう時間はかかるまい。この際だ、そなたらも講武所を見物していけ」

　と嘉右衛門が命じた。

　船着場から幕府御用船に架けられた船板を渡った一行は、講武所の敷地に下り立った。

　講武所は、内憂外患の時世に鑑《かんが》み、幕臣先手組頭男谷精一郎《おだにせいいちろう》の発案で、旗本・御家人の子弟を集めて、剣術、槍術、柔術、兵学を改めて学ばせる総合武術訓練場として設けられたものだ。

　夕暮れ前の刻限だ。

　もはや頭取男谷精一郎ら講武所を主導する幹部はおるまいと思っていたが、講武所の御用部屋がある建物を訪ねると明かりが煌々《こうこう》と灯《とも》され、まだ大勢の人が残っている気配があった。

　古舘や文乃らを供待ち部屋に残した嘉右衛門と藤之助は、玄関番の若侍に案内されて頭取の御用部屋に通った。

「頭取、陣内嘉右衛門様がお見えにございます」

　と若侍が声をかけ、障子《しょうじ》を開けるともうもうたる煙草《たばこ》の煙が廊下に流れてきた。

　御用部屋には七、八人がいて真ん中に江戸湾と思われる絵図面を広げて、海防策でも議論していたか、そんな様子があった。

「老人、ご苦労でござった」

と男谷精一郎の声がして煙草の煙が薄れて藤之助の目に頭取の他に、幹部の伊庭軍兵衛《いばぐんべえ》、榊原鍵吉《さかきばらけんきち》、桃井春蔵《もものいしゅんぞう》ら安政期の江戸剣術界を主導する面々の顔が認められた。

「おお、座光寺どのも一緒であったか」

絵図面が畳まれ、二人の場が設けられた。

「下田湊での活躍、この江戸にも伝わっておる」

と男谷精一郎が笑いかけた。

直心影流《じきしんかげりゅう》の達人の男谷は、長崎海軍伝習所に学ぶ勝麟太郎と又従兄弟《またいとこ》の間柄であり、幕府の中で藤之助の立場を理解する数少ない人物だった。

「なんのことがありましょうや。陣内様方の指図で動いただけに過ぎませぬ」

「なんのなんの、下田には幕府の密偵も潜入しておるでな、日米和親条約の修補条約締結を巡り、下田湊で戦闘が行われたと克明な報告が到着しておる。座光寺どの、そなた、タウンゼント・ハリスの従者と協力して約定《やくじょう》反対派をきりきり舞いさせたそうではないか」

藤之助は男谷にただ小さく頷き返した。

「そなたの行動を快く思わぬ人間もおる。いや、苦々しく思うておる輩《やから》のほうが多かろう」

「恐れ入ります」

「そなたの行動を是とするか非とするか、もはやそのことを議論する時間はない。大事なことはそなたが長崎で、下田で、あるいは別のどこかで列強各国の軍事力を見聞し、さらには実戦で戦ってきたという事実だ。この経験は幕府にとって大きな財産である」

と男谷精一郎が言い切った。

だが、その場にあるすべての同席者が男谷頭取の考えに理解を示したわけではないことをその場の雰囲気で藤之助は察していた。

「頭取、この座光寺じゃが、当座それがしの手元に置く。されど講武所の教授方であれば時にこちらに通わせるがよろしいか」

「座光寺どのが講武所の教授方に加わるのは心強うござる」

と応じた男谷頭取が、

「座光寺どの、明朝からの剣術指導を願ってよいか。そなたが一年半近くも前に見物にきた折どころか、国許に戻られる前の陣容からしても大きく変わり、剣道場で稽古をする練習生も増えておる。指導者は常に不足でな、座光寺教授が加わるのは心強い」

と歓迎してくれた。

「男谷先生、ご一統様、よろしくお引き回し下され」

と藤之助は頭を下げた。そして、陣内嘉右衛門は講武所の者すべてが決して藤之助の行動を認めているわけではないことを案じて、わざわざ口利きに同道したのかと胸中で感謝した。

嘉右衛門は現在幕府を主導する老中首座の懐刀《ふところがたな》であり、藤之助が堀田、陣内主従の異国対策の切り札の一枚であることはこの場のだれもが承知していた。だが、それとは別に、

「伊那育ちの山猿が出過ぎたことを」

と反発する空気が漂っていることも藤之助は察していた。

嘉右衛門は機先を制して藤之助の立場が堀田正睦直属の異人応接掛であり、同時に講武所の教授方であることを講武所の幹部の前で改めて宣告しにきたのだ。

「座光寺、それがし、ちと男谷頭取と話がある。そなたは明日からのこともある、この足で屋敷にお戻りなされ」

と嘉右衛門が藤之助に言った。

「お心遣い感謝いたします」

と応じた藤之助は、

「ご一統様、お先に失礼申します」

と辞去の挨拶をすると廊下に下がり、障子を自ら閉めた。

藤之助主従五人が講武所の表門を出ると、すでに辺りは暗かった。

田神助太郎《たがみすけたろう》が講武所の門番から火を貰《もら》いうけた小田原提灯《ぢょうちん》の明かりを灯して、一行はそれを頼りに海側の武家地をほぼ西に抜けて堀に架かる橋をいくつか渡り、三十間堀に出た。

「ここはどこかしら」

と文乃が辺りを見回した。麹町《こうじまち》の武具商に生まれ育ち牛込御門《うしごめごもん》外の座光寺家に奉公した文乃にも馴染みがない町なのか、首をひねるばかりだ。

「江戸生まれの文乃さんがどこにいるか見当つかんではわれら伊那育ち、異国にでも連れてこられたようじゃぞ」

と内村猪ノ助《うちむらいのすけ》も武家屋敷がどこまでも続く江戸の町並みに呆《あき》れて言った。

ざわざわとした人の往来の音がして、

「あら、尾張町《おわりちょう》の辻なの」

と文乃が気付いたのは東海道に出たときだ。

「文乃さん、分かったようですね。ここは江戸のどの辺でしょうか、屋敷は近いのですか」

と田神助太郎が不安げな顔をした。

従者三人の中で江戸屋敷を知るのは古舘光忠だけだ。あとの内村も田神も江戸は初めて、まして海路江戸入りしたのだ。全くどこにいるのか推量もつかぬのは当然のことであった。

「猪ノ助様、助太郎様、ただ今私どもが立っておりますところが東海道、こちらに数丁行けば五街道の起点の日本橋にぶつかります」

と文乃が手で指し示し、その手が西に回って、

「千代田の御城はこの家並みの向こうに直《す》ぐございます」

と教えた。

夏の夕暮れだ。

東海道の辻にはまだ店の表戸を開けているところもあり、人、駕籠《かご》、馬など往来が

あった。

「文乃さん、今日はお祭りですか」

　と田神助太郎が小田原提灯を手に聞いた。

「この人出はいつものことよ」

「伊那谷では考えられぬ。一年に山吹領内で出会うよりも多くの人を一目で見ておる」

　と猪ノ助も目を丸くした。

「猪ノ助、御城を中心にして座光寺家の牛込御門外の屋敷はわれらがただ今おるところからほぼ反対側にある。ゆえに御城を右廻り、左廻りのどちらでも屋敷に戻るのは時間も距離もほぼ同じであろう。どちら廻りでいくか、そなたが決めよ」

　と藤之助が猪ノ助に任せた。

「助太郎、どちらにする」

「選びようもないぞ、江戸を全く知らぬのだからな」

　と二人が迷い、文乃が、

「猪ノ助様、助太郎様、江戸見物のまず一番目は日本橋にございましょう。日本橋を渡って屋敷に戻りませぬか」

と提案した。

「なにっ、文乃さん、日本橋を渡っていけるのですか。是非《ぜひ》日本橋を見とうございます」

という猪ノ助の返答で屋敷への帰路が決まった。

尾張町の辻から新両替町《しんりようがえちよう》四丁目から順に三丁目、二丁目、一丁目と進み、京橋を渡った。さらに南伝馬町《みなみでんまちよう》、中橋広小路、通町《とおりちよう》を進んで、日本橋南詰高札場《こうさつば》のある広場に出た。

猪ノ助も助太郎も大店《おおだな》が軒を連ねる繁華な往来と人込みに目を奪われて言葉もない様子だった。

日本橋川に架かる日本橋は緩やかな弧を描く幅三十六間の木造の橋だ。最初に橋が架けられたのは慶長《けいちよう》八年（一六〇三）のことで、

「御城大手の堀を流れて落ちる大河一筋有《あり》。此《この》川町中を流れて南の海に落ちる。此川に日本橋ただ一筋かかりたり」

と『慶長見聞集』は伝える。

橋半ばに差し掛かった猪ノ助と助太郎の興奮は絶頂に達したようで、

「文乃さん、ほれ、御城が間近に見えるぞ」

「おお、城じゃ城じゃ」

と二人が子供のように言い合った。

「これ、猪ノ助、助太郎、騒ぐでない。伊那から出てきた在所者と見られようが」

と古舘光忠が窘《たしな》めたがそういう光忠自らも興奮を隠しきれないでいた。

「助太郎、猪ノ助、当分講武所通いが続こう。座光寺家の家臣も交代でそれがしに従い、講武所に日参致すことになるわ。この橋とも馴染《なじ》みになろうぞ」

と藤之助が言い、

「文乃、屋敷までの道、そなたの案内で参る」

と文乃に命じた。

「皆さん、あれこれとご案内したいけど刻限も遅うございます。それに風向きに助けられたとは申せ、一日で下田湊から江戸への船旅を果たした私どもです。本日は、文乃が日本橋より一番短い道を案内します」

と先頭に立った。

「お願い申します」

助太郎と猪ノ助が文乃の左右に従った。その後ろから藤之助と光忠が従うかっこうだ。

藤之助は東海道に出た辺りからだれかに見張られているような気がしていた。だが、文乃が言うように船旅の直後のことだ、いつもの感が狂っているとも考えられた。

千代田城の御堀端《おほりばた》に出て鎌倉河岸《かまくらがし》を西に向かって突っ切り、御城の反対側に広大な明き地の闇を見ながら進んでいくと、

「藤之助様、たれぞに尾行されているように思われますが」

と光忠が小声で言い出した。

「そなたも感じたか。なれば間違いなかろう」

「何者にございましょう」

「われらが江戸に到着して立ち寄ったのは講武所しかない」

「講武所のどなたかが藤之助様を尾行するいわれがございますので」

分からぬ、と答えた藤之助は、

「俗にいう出る杭《くい》は打たれるということであろうか」

「杭とは藤之助様のことにございますな」

光忠も講武所で藤之助に向けられた空気を察していたのか。

「伊那の山猿が江戸に出てきて田舎芝居を演じていたうちはよかったが、長崎、上

海、下田とあちらこちらで異人相手に馴れぬことばかりをやらされたでな、鼻につくと思われる人がおられても不思議ではあるまい」

　俎橋《まないたばし》から九段坂を上がり、ご三卿田安《たやす》屋敷の門前を右に折れて牛込御門に向かおうとした。

　この界隈は火除地《ひよけち》が御城を取り囲み、時代を反映して火除地が弓馬稽古場として使われていた。

　ために日が落ちると人の往来は少ない。

　ばらばら
　と乱れた足音が響いて、六、七人が迫ってきた。

「助太郎、猪ノ助、文乃の傍におれ」

　と藤之助が命じ、振り向いた。

　着ている衣服から見て江戸に仕事を求めて流れ込んできた浪々の武芸者か。

「座光寺藤之助とはそのほうか」

「いかにもさよう」

　武芸者一味の頭領か、片手を上げて黙したまま陣形を指図した。

　頭領の左右に三人ずつが分かれて、鶴翼《かくよく》の陣形を作った。

「斬る」

と頭領が宣告し、剣を抜いて片手に保持した。

「だれに頼まれたか知らぬが、愚かな真似《まね》は止《や》めておけ」

「問答無用」

「ならば相手致す」

古舘光忠が柄袋《つかぶくろ》を外すと柄に手をかけた。

「光忠、それがしの後詰めをせよ」

と命じた藤之助がそろりと藤源次助真二尺六寸五分を抜いた。

一味の頭領が片手の剣を八双に立てた。同時に頭領を守る左右の陣形が前進して、藤之助を半円に囲んだ。

光忠はそのとき藤之助の真後ろに位置していた。

藤之助の助真がゆるゆると頭上に差し上げられ、夜空を突き上げた。

信濃《しなの》一傳流《いちでんりゅう》の基本の構えだ。

「流れを呑《の》め、山を圧せよ」

藤之助の脳裏に天竜川の滔々《とうとう》とした流れが、海を抜くこと一万余尺の赤石岳《あかいしだけ》の山並みが描かれていた。

藤之助の助真がくるりと峰に返された。

「おのれ！」

襲撃者の頭領の剣の切っ先が八双から傾き、藤之助に向かって踏み込んでいた。その直前、意表をついて藤之助の体が左前に飛び、鶴翼の一方を、
あっ
と叫ぶ間もなく襲った。峰に返された助真が振り下ろされ、右に左に翻《ひるがえ》って三人を倒し、ひょいと横手に飛ぶと相手を失い、切歯していた頭領に襲いかかった。

ぐしゃっ
と肩口の骨が砕ける音が不気味に響いて頭領がその場に押し潰《つぶ》された。

藤之助は元いた場所に飛び下がり、

「もうよかろう、これ以上無駄をするでない」

と残った三人に言い聞かせた。

力の差は歴然としていた。

「そなたらの背後にだれが控えておるか知らぬ。姑息《こそく》な手を使わず自らが出向け。座光寺藤之助、逃げはせぬ」

と武芸者一味とは離れて立つ武家に向かって言い放つと、

「文乃、待たせたな、参ろうか」

と平静な声音で言った。

四

藤之助主従が牛込御門外の屋敷に戻ったのは五つ（午後八時）過ぎ、いや、五つ半（午後九時）に近い刻限であった。

山吹領の陣屋家老片桐朝和《かたぎりあさたか》から、老中の命により藤之助らが天竜川を下り、東海道に出て下田湊に向かったことが知らされていた。さらには下田湊に到着した文乃より保命酒《ほうめいしゅ》と一緒にお列《れつ》に宛てた手紙が届いていた。それによれば日米和親条約の修補条約の締結後に、

「文乃は江戸に帰着」

すると知らせが入っていた。

だが、主《あるじ》の藤之助と山吹陣屋から同行した古舘光忠ら三人の行動には全く触れていなかった。

私信であれば、幕府御用を帯びた藤之助の行動について文乃が書けるわけもなく、

また知る立場にもなかった。それだけに屋敷では当分藤之助主従は下田滞在かと考えていたところに五人が元気な姿を見せたので、驚いたり喜んだりして慌ただしくも湯が立てられ、夕餉《ゆうげ》の仕度《したく》が始められた。

藤之助ら一行五人は、まず奥の間に通り、座光寺家の刀自《とじ》お列に拝し、江戸帰着の挨拶をなすと仏間に古舘ら四人を従えた藤之助が入り、先祖の霊に向かって、参勤交代で江戸に上ったことが報告された。

旗本にして参勤交代を義務づけられている交代寄合伊那衆の一家である座光寺当主の領地往来は、幕府が定めた参勤交代の習わしに従い、行われたのだ。

幕府の屋台骨がぐらぐらと揺らぎ、施策の根幹たる鎖国令が嘉永六年のペリー来航により崩壊していたとはいえ、武家社会の規範は未だ武家諸法度や触れに照らして行われていた。

「藤之助どの、湯が沸きました。まず旅塵《りょじん》を洗い流しなされ」

とお列が促した。そこで藤之助がまず入ることになったが、

「かような場合である。光忠、助太郎、猪ノ助、それがしが差し許す。われら一緒に湯を遣《つこ》うて、少しでも早く文乃に入らせよ」

と命じた。それを聞いた江戸家老の引田《ひきた》武兵衛《たけべえ》がなにかを言いかけたがお列に、

「座光寺家の当主はもはや藤之助為清《ためすが》どのです。山吹陣屋では、およしすらその威光に逆らえなかったと文で嘆息してきたではございませぬか。座光寺の家風も主様次第で変わらざるを得ますまい」

と窘められ、

ふうっ

と溜息を吐いた武兵衛がそれでも、

「古舘光忠、助太郎、猪ノ助、今宵《こよい》は格別と思え」

と言い加えて主従四人が風呂に一緒に入ることになった。

座光寺一族の主交代という未曾有《みぞう》の騒ぎについて、光忠は衝撃の事実を陣屋家老片桐朝和から極秘に聞かされた。

本宮《ほんぐう》藤之助が一族の内命を受けて左京《さきょう》為清を始末し、新たに座光寺家の当主の座に就《つ》いたというのだ。そして、一年半後、山吹陣屋では下位であった本宮藤之助が座光寺家の当主為清として陣屋入りしたのだ。

山吹陣屋の一族にとって驚愕《きょうがく》の事実だった。

わずか数年前まで藤之助は一緒になって山菜摘みに山に入り、天竜の流れで魚を捕り合って裸の付き合いをしてきた同士であった。

だが、山吹陣屋の一族は藤之助為清が毒矢を受けて高熱を発し、半死半生で陣屋に到着したとき、主殺しの衝撃も幼馴染みが新しい主になり変わったという事実も忘れて一族一丸となって治療に努めた。そして、藤之助が本復したとき、すでに昔の朋輩《ほうばい》にとっても、

「座光寺藤之助為清」

でしかあり得なかった。

「藤之助様、さすがに江戸屋敷はあれこれと仕来たりが煩《うるそ》うございますな」

と助太郎が小声で洩《も》らし、

「助太郎、われら、明日からこれまでの道中のようなわけにはいかぬぞ。この湯が藤之助様と同じ扱いを受ける最後と思え」

と光忠が注意を与えた。

はっ、と畏《かしこ》まる助太郎に頷いた光忠が、

「藤之助様、背中をお流し申します」

と自ら糠袋《ぬかぶくろ》を摑んで背に回った。

「おお、潮風と汗にべたついた体に涼風が吹き渡ったようでなんとも気持よいわ。光忠、交代でそなたの背を流してやろう」

「いえ、江戸屋敷に入った以上、そうは参りませぬ」

と光忠がきっぱりと答えた。

「藤之助様、光忠様の背は猪ノ助が流しますぞ」

「郷に入《い》っては郷に従う。いや、天命に従うのが一番波風を立てぬ方策かもしれぬな。そうでなくとも大雨、大嵐がわれらを襲うておるでな」

と藤之助も自らを得心させた。そこへ光忠が背に上がり湯をかけてくれ、藤之助が沸かされたばかりの湯に浸《つ》かり、

「おおっ、生き返ったわ。その方らも早う入れ入れ」

と誘った。

奥の間ではお列に引田武兵衛が、

「こちらには藤之助様の御膳一つでようございますな」

と念を押していた。

「武兵衛どの、屋敷の仕来たりはもはや忘れなされ」

「なにっ、下士の猪ノ助、助太郎の膳も一緒に並べよと申されますか」

「文乃がわが屋敷で膳の前に座る日も限られておりましょう。あの五人は、山吹陣屋から下田湊へ大変な道中をしてきたのです。今宵くらい主従五人、膳を並べてやりな

され」

「先代が生きておられれば嘆かれましょうな」

「われら座光寺一族も時代の変化には逆らえませぬ。藤之助どのの考えに従うのです」

「酒も出せと」

「武兵衛どの、藤之助どのが家定様へのお目見《めみえ》が叶《かの》うてから、うちの内所《ないしょ》も格別に豊かになったことを忘れられたか。この稼ぎ、すべて藤之助どのの働きですぞ」

「いかにもさようと心得ますが、下士や女中と一緒に膳が並ぶ光景を見ようとは、この武兵衛、長生きし過ぎましたな」

「武兵衛どの、それは違いますぞ。これから世の中が大いに変わります。その行く末を見んであの世に参ったのでは残念至極《しごく》、先祖に叱《しか》られます。私はな、いつの日か、藤之助どのに願って異国の船を見物に参ります」

「なんと、お列様は黒船見物に参られますか」

「いえ、出来ることなれば乗り心地を試してみたい」

「途方もないことを」

　というところに文乃が膳部を運んできた。

「文乃、そなたらの膳もこちらに持て」

「その心積もりで用意しております」

なにっ、と武兵衛が目玉をぐるぐる回して文乃を睨《にら》み、お列が笑った。

「およし様が陣屋に戻られたら御家老様がおよし様の代わりを務めておられますか」

と文乃が笑いながら言い、武兵衛が、

「なにっ、それがしがおよしの代わりに無益な小言を並べると申すか」

「だれも無益な小言などと申しておりませぬ。それより、御家老様」

「なんだ、文乃」

「お列様が黒船に乗ることなどそう難しいことではないかも知れませんよ」

「赤鬼の顔に雲を突くような大男の異人が乗り組む黒船じゃぞ。お列様をお乗せしたら取って食われるわ」

「いいえ、異人方は端《はた》で想像したよりも礼儀正しく、女子供には実に優しゅうございます」

「そなた、下田湊で紅毛人に飴玉《あめだま》でもしゃぶらされたか」

「御家老様、私ども駿州江尻湊《すんしゅうえじり》より英吉利国のライスケン号という黒船で下田入りしてございます。私など一人部屋を頂戴し、食べ物もなかなか美味《おい》しゅうございました」

「これ、文乃、この武兵衛を誑《たぶら》かそうと虚言を弄《ろう》するではないぞ」

と言うところに藤之助ら四人がさっぱりとした顔付きで姿を見せ、

「養母上《はは》、お陰さまで旅の疲れが消えました」

と礼を述べ、文乃に向かって、

「文乃、そなたも汗を流して参れ」

と命じた。

お列と武兵衛が座す奥の間には藤之助と光忠が入室していた。その光忠も藤之助の背後に控えて座した。助太郎と猪ノ助は廊下に座したままだ。

座光寺一族では士分と卒分の違いは厳然としていた。いかにその昔、遊び仲間の朋輩であった藤之助が主の座に就いたとはいえ、江戸屋敷の奥の間にお列と同座できるわけもなかった。

「藤之助様、文乃は夕餉の後に湯を使わせてもらいます。お列様や御家老様に旅の話をして上げて下さいまし」

と台所に下がった。

「文乃め、江戸を離れて肝っ玉が太くなったとみゆる。黒船に乗って下田入りしたなどとこの武兵衛に作り話を吐《ぬ》かしおって、驚かしおった」

助太郎と猪ノ助が顔を見合わせ、にやりと笑った。

「なんだ、その方ら、せせら笑いおって。文乃の言をこの武兵衛がまともに受け取ったとでも考えたか。先代以来の江戸家老じゃぞ、若い女子の虚言などに乗せられる引田武兵衛ではないわ」

「いえ、そうではございません、御家老様」

と廊下から猪ノ助が応じた。

「山吹陣屋を出て、そなたらもふてぶてしゅうなったか」

「武兵衛、皆を困らせるでない。だれもそなたを誑かそうなどとは思うておらぬ」

「さようでございましょうか。文乃など、乗ったこともない黒船に乗ったなどと虚言を弄し、お列様が乗船するのも難しくはないなどと吐かしましたぞ」

「廊下で問答の一端を聞いた」

「聞かれましたとな、藤之助様。いくら下田湊で黒船やら異人やらを遠くに見て驚きを隠せぬとは申せ、この古狸《ふるだぬき》の武兵衛には通じませせぬ」

「そうかのう」

「そうかのうとはなんですな」

と武兵衛が言うところに四つの膳が運ばれてきて、座敷に藤之助らの遅い夕餉の仕

度がなった。さらに酒が運ばれてきて、

「助太郎、猪ノ助、差し許す。膳の前に着け」

と藤之助が命じた。

「いえ、われらは膳を台所に移します」

「主の命に逆らうか」

はっ、と答えた助太郎が助けを求めるように光忠の顔を見た。

「藤之助様の命でもあり、今晩は格別と思え」

と座光寺一族の士分の判断を示して、二人がおずおずと座敷に入り、膳の前に着いた。

文乃が姿を見せて、

「藤之助様、長旅ご苦労に存じました。また文乃の無理を聞き届けていただきましてお礼の申しようもございませぬ。生涯の思い出にございます」

と平伏して礼を述べた。

「文乃が酒の酌をする最後やもしれぬ、注いでくれぬか」

と藤之助が願い、文乃が銚子を取り上げ、藤之助ら男四人の盃《さかずき》に酒を満たした。

「旅の終わりである。じゃが文乃、今宵はそなたには新しい暮らしへの旅立ちの日でもある。そなたにも酒をとらす」

と藤之助が文乃にも盃を持たせて酒を注いだ。

「養母上《ははうえ》、われら五人ただ今参勤のために江戸に戻りました」

と改めて挨拶した。

「祝着至極《しゅうちゃくしごく》にございます」

とのお列の言葉をしみじみと聞きながら、藤之助らは温《ぬる》めの燗《かん》の酒をゆっくりと飲み干した。

「美味《うま》い」

と藤之助がもらし、

「武兵衛、黒船で供される異国の酒もよいが、わが屋敷で飲む酒が何倍も美味《おい》しいな」

「それはようございました」

と笑みで応じた武兵衛が、

「今、なんと申されましたな、藤之助様」

と聞き返した。

「そなた、耳が遠うなったか。文乃も申したであろうが、英吉利国東インド会社所属の砲艦ライスケン号の食事も悪くなかったとな」

うっ
と武兵衛が喉《のど》を詰まらせた。

「そりゃ、真《まこと》の話にございますか」

「われら一緒になってそなたを誑かすつもりはない。真である。ゆえに文乃が養母上もその内異国船に乗る機会があると申したのだ」

「文乃の話は真にございましたか」

念を押す武兵衛に藤之助が頷いた。

「た、魂消《たまげ》ました」

と呻《うめ》いた武兵衛が三人の従者に重ねて問うた。

「古舘光忠、田神助太郎、内村猪ノ助、そなたらも紅毛人の黒船に乗船したのか」

はい、と三人を代表して光忠が返事をした。

「なんとのう」

返事した武兵衛の体が急に小さくなったように文乃は感じた。

「文乃、異国の船は帆なしで走るそうな。ほんとの話ですか」

「お列様、石炭を燃やして水を熱して蒸気を造り、その力で船縁《ふなべり》にある外輪を回して前へ前へと進むのです」

「無風でも進みますか」

「お列様、それればかりか逆風でも黒船は進んでいきます」

「異国の力は凄いものですね」

お列が感心した。

「武兵衛、いかがした。急に黙り込んでおるが」

藤之助が聞いた。

「お列様はああ申されますが、それがしは長生きし過ぎたようです」

「武兵衛、生死は天の定めるところ、そなたがあれこれ言うたところでどうにもなるまい。それより酒を取らす、少し呑んで元気を出せ」

藤之助が空になった盃を渡すと、文乃が酌をした。

「頂戴致します」

と両手で盃を持った武兵衛が、

「藤之助様が長崎から戻られたときは自ら異国の地を踏まれたと申されたな。此度《こたび》は、文乃ばかりか光忠らも紅毛人と知り合うたそうな。武兵衛にはそのような付き合いはでき兼ねます」

と嘆いた武兵衛がきゅっと酒を飲み干した。

「人それぞれ役目を負うて生きておる。武兵衛はしっかりと座光寺家の江戸屋敷に目配り致せ」

「それでよろしいので」

よい、と言い切った藤之助が、

「明日より幕府講武所に出仕致す。武兵衛、講武所剣道場には男谷精一郎先生をはじめ江戸の剣術界の重鎮がおられる。剣術の稽古と同時に少しでも異国のことを学ばせるために講武所に家来を連れていく」

「それは得難き経験にございますな。初日はだれを連れて参られますか」

「助太郎と猪ノ助は江戸屋敷は初めて。まず江戸の暮らしになれるためにそなたの下に預ける。古舘光忠、それに江戸屋敷から石和五郎蔵《いさわごろぞう》、清水谷兵吉《しみずやひようきち》とせよ」

と藤之助は命じた。

「五郎蔵と兵吉、藤之助様の参府御暇の供に加わることが出来ませずがっかりしておりましたゆえ、この話を聞けば喜びましょう」

「五郎蔵と兵吉、その後の稽古はどうだ」

「さらに猛稽古に励んでおります」

よし、と藤之助は自分の人選が間違いでなかったことに満足の笑みを浮かべて、

「文乃」

と文乃に視線を向け直して名を呼んだ。

「はい」

文乃が姿勢を正して座光寺家の若い主を見た。

「座光寺家での永の奉公ご苦労であったな。そなたが後藤松籟庵の跡取り駿太郎どのとの祝言《しゅうげん》が決まった以上、もはや座光寺家の都合でそなたを引き止めるわけにはいかぬ。明日にも実家に戻り、駿太郎どのとの所帯を持つ仕度に入れ」

そのことを覚悟していた文乃だったが藤之助の改めての言葉を聞いて蒼褪《あおざ》めた。だが、直ぐに気を取り直すと、

「お列様、藤之助様、お世話になりました。文乃は伊那の山吹領から下田への旅を思い出に屋敷を辞することになりました。なんと幸せ者にございましょう」

と頭を下げた。

「ご苦労でしたな。これからは駿太郎どのを大事にな、後藤松籟庵の嫁として頑張りなされよ」

とのお列の言葉に、文乃の両眼に涙が溢《あふ》れてきた。

第二章　流転ヘダ号

一

翌朝、座《ざ》光寺《こうじ》藤之助《とうのすけ》は、座光寺家の朝稽古《げいこ》の始まりに顔を出すと家来一同から江戸帰着の挨拶《あいさつ》を受けた。そして、稽古が始まったのを確かめると古舘光忠《ふるたちみつただ》、石和《いさわ》五郎《ごろ》蔵《ぞう》、清《し》水谷《みずや》兵吉《ひょうきち》の三人を連れて、講武所《こうぶしょ》に向かった。

屋敷の朝稽古の始まりを見ていたせいで、すでに講武所剣道場では稽古が始まっていた。

藤之助は光忠らに命じて稽古着に着替えさせ、自らも文乃《あやの》が用意してくれていた真新しい稽古着に袖《そで》を通して道場に出た。

講武所は嘉永《かえい》七年（一八五四）五月に幕臣男谷精一郎《おだにせいいちろう》（信友《のぶとも》）の進言によって大筒《おおづつ》

四門で始まった。むろん開国に備えて日本の軍事力を向上させるための訓練機関だ。さらに安政《あんせい》三年（一八五六）に、講武場として築地に拝領地を頂戴し、同年の四月には講武所として改組されていた。

男谷総裁の下に弓術、砲術、槍術、剣術、柔術の五部門が開設されてそれぞれに師範役が、さらに教授方が付いていた。

藤之助は、男谷精一郎頭取直属、剣術の客分教授方として講武所の稽古に加わった。

講武所の剣術は、男谷総裁が直心影流《じきしんかげりゅう》ということもあり、榊原鍵吉《さかきばらけんきち》、木目鑓次郎《きめやりじろう》、今堀千五百蔵《いまほりちおろい》、本目虎之助《ほんめとらのすけ》と多士済々、直心影流の猛者《もさ》が多かった。その他に伊庭軍兵衛《いばぐんべえ》、桃井春蔵《もものいしゅんぞう》、窪田清音《くぼたすがね》と錚々《そうそう》たる剣客が顔を揃《そろ》えていた。

この朝、まだ総裁の男谷精一郎の姿はない。だが、榊原鍵吉が厳しい目を光らせて幕臣の子弟らを指導していた。

「榊原先生、遅くなりまして申し分けございません」

と藤之助が挨拶すると、

「昨夕江戸に帰着されたばかり、座光寺教授方が今朝《けさ》姿を見せられるとは驚きです」

と榊原が歓迎してくれた。

榊原家は三河《みかわ》以来の譜代旗本で本国は伊勢《いせ》である。鍵吉は榊原友直《ともなお》の子として麻布《あざぶ》の広尾《ひろお》に生まれた。十三歳で男谷精一郎の門を叩《たた》き、直心影流の剣法を学んでいる。

安政三年、講武所が開設されると剣術教授方に抜擢《ばってき》されている。

その時、榊原鍵吉は弱冠《じゃっかん》二十七歳であった。

藤之助が安政三年、千葉道三郎《ちばどうざぶろう》の口利きで酒井栄五郎《さかいえいごろう》と小野寺保《おのでらたもつ》と一緒に、築地《つきじ》に誕生したばかりの講武場剣道場を訪ねて本目虎之助と試合をしたとき以来の知り合いだ。

「榊原師範、座光寺家の家来三人を伴いました。どうか講武所での稽古をお許し下さい」

と古舘光忠らの稽古の許しを願った。

「このご時世、直参《じきさん》旗本だ、陪臣《ばいしん》だというておるときではございませんでな。自由にお連れ下さい」

と榊原鍵吉が鷹揚《おうよう》に笑った。

「一年以上前、座光寺どのが初めてこの道場に訪れ、本目虎之助どのと試合したときより、門下生が大勢増えてな、座光寺どのを直《じか》に承知の者は少ない」

「本目どのはどうなされておられる」

「今朝はまだじゃがその内稽古に見える」

「それは楽しみな」

と応じた藤之助に、

「おお、そうだ。座光寺教授方に直々《じきじき》の稽古を願っておるものがいます。こいつに稽古を付けて下さいませんか」

と年上の榊原鍵吉が願った。その言葉遣《づか》いはあくまで丁寧《ていねい》だった。

藤之助の信濃《しなの》一傳流《いちでんりゅう》の技量をとくと承知しており、藤之助の長崎や下田での武勇の数々が耳に入り、

「あの座光寺藤之助ならさもありなん」

と信じていたからだ。藤之助の武勇の噂はすでに江戸でも広まっていた。だが、その榊原とて、

「座光寺藤之助はすでに上海《シャンハイ》を承知で、かの地で異人武術家との決闘を繰り返してきた」

という風聞には疑いを持っていた。

なぜなら講武所には幕臣の剣術の腕自慢、武術の達人が参集していたが異人と接し、実戦の修羅場を潜《くぐ》り抜けてきた人間はいないからだ。

七、八十人の幕臣子弟が打ち込み稽古をなす風景に視線を戻した榊原鍵吉が、
「信郎《のぶお》、これへ参れ」

と一人の少年を稽古の中から呼び出した。

十七歳の今井《いまい》信郎、榊原鍵吉から直心影流の指導を受けて、後に若くして講武所の剣術教授方を務めることになる人物だ。

ついでに記すと、後に遊撃隊を組織して京都に赴《おもむ》き、佐々木只三郎《ささきたださぶろう》の京都見廻組《みまわりぐみ》に参加して新撰組《しんせんぐみ》と同じく京都を震撼《しんかん》させた男でもある。そして、今井が幕末の歴史に名を止《とど》めるのは、真偽のほどは別にして坂本龍馬《さかもとりようま》暗殺者としてであった。

藤之助の前に姿を見せた今井少年の目が油断なく光り、神経はぴりぴりと震えるように尖《とが》っていた。

「信郎、そなたが手合わせを願いたいと予《かね》て申しておった座光寺藤之助どのだ。よいか信郎、これは手合わせではない、指導を乞《こ》うのだ。分かったか」

「はっ」

と短く答えた今井の両眼がぎらりと光って藤之助を見た。

藤之助の目から見れば、未だ今井信郎の体は大人になりきれていなかった。だが、その未熟な部分を不遜《ふそん》と油断なさが補っていた。

「お願い申す」

と今井信郎はぶっきらぼうな口調で願った。

「こちらこそ」

藤之助は今井が竹刀《しない》を手にしているのを見て古舘光忠を振り返った。すると光忠が屋敷から持参した藤之助の竹刀を差し出した。

今井は竹刀を片手で振り回しながら前後にぴょんぴょんと跳ねて体を解《ほぐ》した。同時に敏捷《びんしょう》な動きは今井信郎の藤之助に対する示威のように思えた。

講武所の新しい門下生の大半が座光寺藤之助の名を聞かされても、

「座光寺、何者だ」

「なにっ、交代寄合《こうたいよりあい》伊那衆《いいなしゅう》だと、信州の山猿か」

くらいの認識しかない。また、風説に長崎や下田の藤之助の活躍が伝わったとしても、

「異人相手に棒踊りをしてみせたか。剣術は寄席の見せ物ではないわ。伊那の田舎者めが、目障《めざわ》りな」

という受け止め方が一般的だった。

その座光寺藤之助に講武所の、

「暴れ者」

の異名を自他ともに許す今井信郎が指導を仰ぐという名目で立ち合おうとしていた。打ち込み稽古をしていた門下生が、
さあっ
と稽古を止めて左右の壁際に下がり、見物に回った。

「見物だぞ、今井信郎は若いが太刀筋が尋常ではないでな、伊那の大男なんぞ一撃で床板を嘗《な》めておろう」

「いや、座光寺どのの噂も途方もないぞ。剣ばかりか銃でも名手と長崎から戻った朋《ほう》輩《ばい》が話をしておった」

「長崎の土産話はとかく尾ひれがつくものと決まっておるわ」

今井が跳ね動くのを一旦《いったん》止めた。

「お願い申す」

と再び大声で願った今井が正眼《せいがん》に竹刀を構えた。だが、両の足は小刻みに前後に踏み替えていた。それが今井信郎の、

「機を計る」

動きのようであった。

藤之助は竹刀を静かに上段に、さらに頭上に突き上げるように構えた。

「流れを呑《の》め、山を圧せよ」

信濃一傳流の基本の構えだ。

それを見た講武所剣道場に静かなどよめきが起こった。

六尺余の藤之助の体が海抜一万尺に聳《そび》えて頂《いただき》に雪を乗せた高峰のように堂々と大きく変貌《へんぼう》した。

「なんと構えが大きいわ」

と虚心に二人の対決を見た門下生は驚嘆し、伊那の山猿がと蔑《さげす》む者は、

「虚仮《こけ》嚇《おど》しの構えを見せおって」

と内心吐《は》き捨てていた。

今井信郎は、眼前に立ち塞《ふさ》がった巨壁に驚きを禁じ得なかった。だが、

「座光寺藤之助、なにするものぞ」

と気概を奮い立たせ、どこから突き崩すかと両足を前後に踏み替えながら、狙っていた。

だが、巨壁はただ今井の視界を塞いで、静かに威圧していた。

今井信郎にとって初めて対する剣術であり、構えだった。

相手はただ竹刀を天空に突き上げるように構えているに過ぎない。背丈は今井よりずっと高い六尺余だ。

竹刀が頭上にある分、足元から面までがら空きだった。いつものように背を丸めて飛び込み面を打つ、さらに小手に転じれば仕留めることが出来る、その自信はあった。だが、前後に足を踏み替えるだけで体がいつものように反応しないのだ。

「おお」

と自らに気合いを入れた今井は正眼の構えを突きに変えた。

今井信郎が捨て身で相手を突き崩すときに選ぶ戦法だ。講武所の師範相手には通じないが、

「今井の突きは捨て身なだけに避けきれぬ」

と恐れられた突きだった。

だが、藤之助は平然として顔色一つ変わった様子がない。

(なに糞っ)

今井は腹に力を溜《た》めて、藤之助の目を睨《にら》み、踏み込んだ。

間合いが一瞬にして縮まり、今井の腕が二段突き、三段突きに伸びて不動の藤之助の喉《のど》に突き刺さったと、感じた瞬間、

どすん

という重い打撃が脳天を襲い、今井信郎の意識は途絶した。

「おっ、見たか」

「ものが違うわ」

「座光寺藤之助、恐るべしじゃな」

「異人が恐れると聞いたがさもありなん」

と見物の場から思わず声が上がった。それほど衝撃的な面打ちだった。

今井信郎に意識が戻ってきた。

なにか暗い光の向こうでいくつもの影が蠢《うごめ》いていた。

「信郎、脳震盪《のうしんとう》を起こしたのは初めてか」

遠いところから榊原鍵吉の声が聞こえてきた。

狭まっていた瞳孔が開き、明かりが戻ってきた。すると榊原らいくつもの顔が覗《のぞ》き込んでいた。

今井は自分が道場の床に仰向けに寝そべっていることに気付かされた。

「これはどうしたことで」

慌《あわ》てて起き上がろうという今井を榊原が、

「まだ起きてはならぬ。しばらく静かに休めた後、ゆっくりと上体を起こせ」

と命じた。

「そなた、分からぬか」

「分からぬとはなんのことれごらいますか」

今井は舌が縺《もつ》れていることにも気付かされた。

「そなた、座光寺教授方と立ち合い、脳天に上段打ちを食らったのだ」

あっ！

今井信郎はようやく自分に起こっていることを理解した。必死で上体を起こそうとする今井を同輩らが背中を支えてゆっくりと起こした。すると対戦した相手の座光寺藤之助の顔が視界に入り、

「ご気分はいかがですか」

と聞いてきた。

「頭をしたたかに殴られて道場の床に昏倒《こんとう》したのです。気分がいいわけはございません」

「その元気なれば大丈夫」

と藤之助が平然と言った。

「信郎、そなた、おれの注意を聞かなかったな。おれは指導を仰げと命じたのだぞ、手合わせなんぞと考え違いをしおって。そなた、自らをなかなかの遣《つか》い手と勘違いしておるようだが所詮《しょせん》は講武所という井の中の蛙《かわず》よ。世間には座光寺教授方のような、強者《つわもの》がいくらもおられる。よいか、今日のことを肝《きも》に銘じて稽古に励め」

はっ、と師範の榊原鍵吉の教えを受けた今井信郎がよろよろと立ち上がり、

「座光寺先生、次の機会には必ずや一本取ってみせます」

「今井どの、いつでもお待ちしております」

と若い今井へ笑みを返した藤之助に、

「座光寺どの、久しぶりかな」

と話しかけた人物がいた。

講武所でも三指に入る実力の持ち主の本目虎之助だ。

「本目虎之助どの、ふた月ぶりですね。どうです、稽古をしませんか」

「おっ、座光寺先生の所望とあらば是非《ぜひ》こちらから願いたい」

竹刀を構え合って対峙《たいじ》してみると、本目虎之助はさらに頬《ほお》が削《そ》げ落ち、巨軀《きょく》が随分《ずいぶん》と絞られているのが分かった。このふた月、以前にもまして猛稽古を積んできたと推測された。

二人は相《あい》正眼で竹刀を構え合った。

すでにお互いの力を承知した者同士だ。

攻守を変えながら変幻自在の技を繰り出し、防御し合った。一瞬たりとも目が離せない打ち合いは四半刻《しはんとき》、半刻と続いた。むろんどちらも防御し損なった竹刀の打撃を肩口や胴に受けていたが、お互い止めるつもりはない。

半刻を過ぎた頃合い、阿吽《あうん》の呼吸で竹刀を引いた。

「座光寺どの、おぬしの実戦剣法は一段と深まった。まるで予測がつかぬ」

荒くも息を弾ませる本目虎之助が言い、

「いえ、本目どのの太刀筋も以前に増して厳しくなっております」

「真剣勝負なればそれがしの命はいくつあっても足りぬわ。異人との戦いを何度も経験なされたせいかな」

本目の問いに藤之助は笑みを返しただけだった。

「ともかくだ、おれがへいはあへいはあ、息を荒らげておるのに、このご仁平然としてござる」

と呆《あき》れた本目が、

「今井信郎、自分の無謀が分かったか」

と二人の稽古を食い入るように見つめていた今井に言った。

「本目様も敵《かな》いませぬか」

「百戦して一つ勝つかどうか」

今井の顔が歪《ゆが》んで、

「悔しいです」

と言った。

「負けて知る怖さもあれば喜びもある。おれは一年半前に座光寺どのに完敗して勝負の綾を知った」

「一年半前にも本目様は負けましたか」

「そなた以上の完敗であったわ。以来、おれは座光寺どのを目指して必死の稽古を積んできた」

「差は縮まりましたか」

わっはっは
と本目虎之助が高笑いして、

「差が開く一方だ」

とあっさりと言い切った。

「それはまたどうしたことで」

「分からぬか、信郎」

「分かりませぬ」

「おれはむろん座光寺どののこの歳月を知らぬ。だがな、今また手合わせして貰《もら》って分かったことがある。座光寺どのは真剣勝負、命を賭けた修羅場で剣術の研鑽《けんさん》を積まれてきたのだ。おれがいくら講武所で猛稽古してもその差は縮まらぬ道理だ、畳水練《たたみすいれん》と必死との差だ」

今井信郎が考え込んだ。

「本目どの、剣の修業と目的は人それぞれにございましょう。こうあらねばならぬというこことはございますまい。われら、定められた天の下で自らの定めに従い、修業を積む。その過程が大事なのではございますまいか」

と藤之助が自らに言い聞かせるように述べた。

「いかにもさよう」

と本目虎之助がさばさばと答えた。その潔《いさぎよ》さは本目虎之助が藤之助の幻影に怯《おび》えつつも修行を積んだこの年月がもたらしたものだった。

二

稽古が終わったのは昼前のことだ。

藤之助主従が講武所の門を出ようとすると陣内嘉右衛門《じんないかえもん》の小者が待ち受けていた。藤之助とは顔馴染《かおなじ》みの武吉《たけきち》だ。

「座光寺様、ちとご足労願えますか」

首肯《しゆこう》した藤之助は、

「それがし一人かな」

「いえ、ご家来衆も一緒で構わぬとの主《あるじ》の伝言にございます」

「では、案内を頼む」

武吉は藤之助らを講武所の船着場に案内していった。するとそこには緑色に塗られた伝馬舟《てんまぶね》が待ち受けていた。

藤之助主従の四人と武吉が乗ると喫水《きつすい》がぎりぎりに上がった。

古舘光忠は藤之助と行動をともにすると予測もつかない展開が待っていることを承知していた。だが、石和五郎蔵と清水谷兵吉の二人は、講武所の供に命じられたことすら驚きを隠せないでいた。

「これに乗るのでございますか」

と海に乗り出すにしてはいささか小さな舟に怯えた。

「兵吉、異国まで行こうという話ではないわ」

「ならばどちらへ参りますので」

「知らぬな」

と答える鼻先で武吉が舫《もや》い綱《づな》を解《ほど》き、自ら伝馬舟の櫓《ろ》を握って、船着場から江戸湾へと乗り出した。

櫓が装備されてあったがこの伝馬は異国の建造技術で造られたものと藤之助は推測した。そして脳裏に浮かんだ人物がいた。

長崎の海軍伝習所で西洋式の造船技術を学ぶ上田《うえだ》寅吉《とらきち》のことだった。

寅吉を思い出させたのは、長崎で寅吉が湾内を動くのに使っていた小舟と構造や塗られた色彩がなんとなく似ていたからだろう。

武吉が櫓を漕《こ》ぐ伝馬も元々櫂《かい》二本を使って推進力を生む短艇ではないか。

伝馬は岸沿いにゆっくりと鉄砲洲《てっぽうず》の方向へと漕ぎ上がっていく。

「座光寺様、竹籠《たけかご》の蓋《ふた》を開けて下され。昼餉《ひるげ》が用意してございます」

と武吉が言った。

小舟の中に丈の高い竹籠が確かにあった。

「朝餉《あさげ》も食しておらぬで腹が減った。遠慮なく頂戴しよう」

と武吉に答えた藤之助は、

「光忠、竹籠を開けてみよ」

「まさか異国の食べ物ではございますまいな」

と麵麭《パン》の苦手な光忠が言いながら蓋を開けるとそこには重箱が入っており、傍《かたわ》らには赤葡萄酒《ティント》とぎやまんのグラスまで添えられてあった。それが日差しを受けて、きらりと輝いた。

「こちらは藤之助様にお願い申します」

と光忠が赤葡萄酒とグラスと栓抜きを渡した。

「それはなんでございますな」

と石和五郎蔵が聞いた。

藤之助はグラスを足元に置くと栓抜きを馴れた手付きで使いながら、

「異国の酒じゃぞ。葡萄《ぶどう》から作られるのだ」

きりきりと栓抜きを回してコルク樫《がし》の栓を抜いた藤之助はグラスに酒精《アルコール》を注い

だ。

藤之助がグラスの脚を摑《つか》み、ゆっくりと揺らすと赤葡萄酒特有の冴《さ》えた赤が日差しを受けてたゆたった。

香りを嗅《か》いだ藤之助は、口に含んだ。

下田湊《みなと》以来の赤葡萄酒だ。

「美味《うま》いな」

と呟《つぶや》きながら異国の酒と食べ物の知識のすべてを教えてくれた高島玲奈《たかしまれいな》を思い出していた。今頃は東国の大名領の湊で小帆艇《しょうはんてい》レイナ号を操りながら、クンチ号に積載してきたミニエー・ライフル二千五百挺《ちょう》を売り捌《さば》く取引の最中か。

「藤之助様、こちらは煮染《にしめ》と握り飯にございますぞ」

と光忠が嬉《うれ》しそうに報告した。

「そなたら、先に食べよ」

「藤之助様は召し上がらないのでございますか」

と兵吉が気にした。

「この伝馬に食べ物が用意してあるということは、この後のわれらは食事をとる時間もないということよ。食せるときに食しておけ。それがしは赤葡萄酒《ティント》を楽しんだ後に頂戴しよう」

と三人に許しを与えた。

竹籠には箸《はし》や銘々皿《めいめいざら》も用意してあったか、光忠が煮染を小皿に取り分け、藤之助の前に差し出した。

藤之助の目はそのとき、佃島沖《つくだじま》に停泊する二檣《しょう》の西洋帆船を見ていた。初めて見る船影だがどこかでこの船と同じものを見た記憶があった。

「光忠、それがしにも握り飯をくれぬか。どうやら酒を楽しんでおる時間はなさそうでな」

藤之助の言葉を聞いた直後、武吉は伝馬舟の舳先《へさき》を沖合い、藤之助が見覚えのある西洋帆船へと向け直した。

上甲板下にもう一層砲甲板があるのか、扉が規則正しく並んでいた。

片舷《かたげん》に三門の扉である。ということは両舷で六門の大砲を備えているということか。

藤之助はグラスの酒を飲み干し、握り飯を摑んだ。

「武吉どの、英吉利《イギリス》の帆船とも阿蘭陀《オランダ》の造りとも思えぬが」

「座光寺様、この日本領内で造船された船にございますよ」

「これほどの帆船技術をどこぞの大名家は持っておったか」

「いえ、豆州戸田湊《ずしゅうへだ》でおろしゃ人の指揮の下、戸田の船大工らが造った船にございますよ」

「まさかヘダ号ではあるまいな」

「はい、そのヘダ号にございます」

藤之助は伝馬に立ち上がった。

長崎会所《かいしょ》が新造したクンチ号よりも一回り大きかった。

美しい二檣帆船《スクーナー》だ。

嘉永七年（一八五四）十月、おろしゃのプチャーチン提督は亜米利加《アメリカ》国に対抗して和親条約を締結すべく旗艦ディアナ号に乗船して下田に入津《にゅうしん》した。

幕府の全権団も下田入りして条約交渉に入ろうとした矢先、悲劇がディアナ号と下田を襲った。

大地震の発生とそれが引き起こした大津波の襲来だ。

プチャーチン提督の旗艦ディアナ号は下田湊内で津波を食らい、五百人の乗員を乗せた二千トンの木造帆装軍艦は大破した。

下田に大船を修理できる場所はない。そこでディアナ号は伊豆西海岸の戸田に向かうことになった。戸田は静かな内海を持っている上に和船だが造船場があって優秀な腕の船大工がいた。

だが、ディアナ号を再び悲劇が見舞った。激しい嵐に襲われて、大破していた大船は戸田沖の駿河湾《するがわん》で沈没の憂き目に遭《あ》ったのだ。

その折、戸田湊の漁師らが危険を冒して小舟を出し、おろしゃの乗組員を決死の覚悟で助け上げたのだ。

和親条約の交渉に日本を訪れたプチャーチン提督は異国で船を失い、途方にくれた。折から欧州ではクリミア戦争が勃発して、極東の海もいつ英吉利、仏蘭西《フランス》国海軍に制圧されるか分からない。

この悲劇の中、下田で幕府との間で和親条約が結ばれ、帰国のための帆船建造が戸田で許された。

この造船作業はおろしゃ人と戸田の船大工たちの協力で行われたのだ。

上田寅吉もこの造船に携《たずさ》わり、その経験と腕を幕府に認められて長崎に送られて最新の造船技術を学んでいた。

藤之助が船影に見覚えがあると思ったのは、長崎で寅吉に見せられたヘダ号の絵図面が脳裏に刻まれていたからだろう。

甲板全長七十尺余、竜骨の長さ六十尺余、船幅二十一尺余、二本の帆柱がすっくと聳えて実に美しかった。

平底船の千石船の航《かわら》（船底材）総長がおよそ四十五尺、船底幅五尺前後だからヘダ号は大きささも容積もはるかに大きかった。

（なぜおろしゃに戻ったヘダ号が江戸湾沖に停泊しているのか）

謎《なぞ》であった。

伝馬舟がヘダ号の船腹に接舷すると縄梯子《なわばしご》が垂らされた。

「それがしに続け」

と光忠らに命じた藤之助は、藤源次助真《とうげんじすけざね》を手に身軽にも甲板へと上がった。すると
そこに陣内嘉右衛門が御船手《おふなて》同心の滝口治平《たきぐちじへい》とともにおり、藤之助を出迎えた。

「一別以来にございましたな」

と滝口が藤之助に笑いかけた。

「下田湊では会えませなんだ」

「いささかわけがございましてな」

と御船手奉行向井将監《むかいしょうげん》支配下の滝口が笑みを残した顔で言った。

「滝口治平の身柄、向井どのからそれがしが引き取った」

と嘉右衛門が言い切り、

「治平、碇《いかり》を上げよ」

と命じた。

「はっ」

と畏《かしこ》まった治平が後甲板に設けられた操舵場《そうだば》に戻り、待機していた配下の者に何事か命じた。すると俄《にわ》かにヘダ号船上が慌《あわ》ただしくなった。碇が引き上げられ、風具合を見ながら前檣《ぜんしょう》に主帆と三角の補助帆が舳先に突き出すように拡帆《かくはん》され、後檣《こうしょう》に主帆がもう一枚上げられて広がった。

風を拾ったヘダ号がゆっくりと沖に向かって動き出した。

「なぜこの船が江戸表に停泊しておるかと訝《いぶか》しく思うておるな」

「いかにもさようにございます」

「そなたにヘダ号が造られた経緯《いきさつ》を話す要はないな」

「乗船したのは初めてにございますが、とくと馴染みの船名にございますれば」

「安政二年（一八五五）三月二十二日、地震と嵐に生き残ったおろしゃ人がヘダ号に乗って、五ヵ月余り滞在した戸田湊を出帆した。この折、プチャーチン提督は、戸田の人々の手助けに感謝して、幕府にヘダ号を速やかに日本に送り返すと書面を残して

いったのだ。その文面には、

『戸田にて建造せるスクーネルを我輩《わがはい》の本国帰航に貸与せるを許さば、徳川幕府の仁《じん》恵《けい》実に広大なるべし。スクーネルは、つとめて速やかに日本に送り返すべく約束候《そうろう》』

とあった」

ヘダ号は幕府の金で建造された西洋式帆船であったのだ。ためにおろしゃ人はヘダ号の船籍は日本側にあると考えていた。

「おろしゃは約定を守ったのですね」

いかにもさよう、と嘉右衛門が言った。

「去年のことだ、十月十一日におろしゃのオリヴァツアと申す軍艦がな、ヘダ号を伴い、下田湊に入津したのだ。おろしゃのアムール河の港からヘダ号を操船してきたのはプチャーチンの副官コロコリツオフ大尉でな、彼は戸田でこの帆船の建造にも携わり、おろしゃへの帰還時も自ら操船指揮をしておる。ためにヘダ号の欠点も長所もとくと承知していた。彼は日本に回航するにあたりヘダ号の大改修を行っていた。さらに錨《いかり》、鎖、索具《さくぐ》類を最新のものへと取り換え、鉄製の水槽を新たに装備して長い航海に耐えるように工夫し、船体に塗料を塗り重ね、コンパスと申す艤《ぎ》装品《そうひん》類を装備して下田に回航してきた」

「おろしゃがそのようなことを」

「異人は情に薄いというがそうではないな」

と嘉右衛門が苦笑いした。

「だが、幕府ではこのヘダ号を乗りこなす人材がおらぬ。下田湊の隅でひっそりと係留されておったのにそれがしが目をつけ、正睦《まさよし》様に願って、講武所軍艦操練所訓練補助帆船として登録した」

と笑った。

「まあ、軍艦操練所所属としたのは便法じゃ。真意はわれらが使う船である。船があっても船頭や水夫《かこ》がおらんでは動かん。そこで滝口冶平ら、それがしが承知の水夫らを御船手から引き取りヘダ号の乗組員とした」

嘉右衛門はわれらがと表現した。われらとは藤之助を加えてのことか。

「下田湊で冶平どのに会えなかったのはそのようなわけがあったからですか。どこぞに遠洋航海をなされておられたか」

「八丈島《はちじょうじま》まで試し帆走をしておりました」

と冶平が答えた。

「下田湊での戦《いくさ》には間に合わなんだが、向後われらの手足になろう」

治平の言葉を受けて嘉右衛門が再びわれらと複数形で答えた。

「乗り心地はどうです」

「さすがにおろしゃの面々が気合いを入れて改装したヘダ号にございます。和船などより操船性能が格段によく、船足も早うございます。なにより甲板がこのように水密性に優れ、荒天の海に波を被《かぶ》っても船倉に水が入りませぬ、それが船を預かる者としてはなにより安心なことです。さらに舵《かじ》の利きも悪くない。座光寺様、疾風を帆に孕《はら》んだときの走りなど空恐ろしゅうございます。一方で船室はわれら和人が暮らすようにはできておりませぬ。そこでよいところは残し、幾分《いくぶん》水夫らの居室や食糧庫などをいじりました。まあ、ご覧下され」

と治平が藤之助に言った。

「これから試走に出られますので」

「まあ、そんなところか。それがしも改修後に乗るのは初めてなのだ」

と嘉右衛門が応じ、

「座光寺、それがしについて参れ」

と船尾の高櫓《たかやぐら》下の扉を開き、藤之助一人を船倉へと案内した。

藤之助が砲門の扉を次々に押し開き、光を砲甲板に入れた。

上甲板下には藤之助が遠目に想像したように砲甲板が一層設けられていて、天井は低いが広々とした造りで両舷《りょうげん》六門の活動の場になっていた。

「アームストロングなる英吉利人が数年前に開発した大砲よ」

と嘉右衛門が自慢げに藤之助に教えたのは英吉利兵器工廠《こうしょう》で開発され、一八五五年に正式採用されたアームストロング四十ポンド砲だ。

ふうっ
と一つ息を吐いた藤之助が、

「まさかおろしゃが大砲まで装備して返してくれたわけではございますまい」

と嘉右衛門に尋《たず》ねた。

「いくら助けられた恩があるとは申せ、プチャーチン提督もそこまでは親切ではないわ。まあ、このアームストロング砲の入手先は内証にしておこう」

嘉右衛門が笑った。

これまでの嘉右衛門の暗躍ぶりと人脈の広さを考えれば、アームストロング砲を手に入れることなどさほど難しくはあるまい。

上甲板下の砲甲板からさらに階段を下りた。そこには食糧庫、弾薬庫、武器庫が整然と並んでいた。

武器庫のライフル銃は藤之助が初めてお目にかかった亜米利加製のシャープス後装騎兵銃などが数十挺ほど銃架に並んでいた。中には接近戦に備えて銃剣付きのライフルもあった。

藤之助は銃身がスペンサー連発ライフルと似たシャープス騎兵銃を手に取り、操作性を調べた。むろん薬莢《カートリッジ》を使用する方式だ。スペンサー・ライフルより一昔前の小銃だが実戦には十分使用可能だった。

「亜米利加国で実戦に使われた騎兵銃よ」

嘉右衛門と藤之助は船倉から上甲板に戻った。

古舘光忠らは船尾の操舵場に上がり、滝口冶平らの操船ぶりを見ていた。

すでにヘダ号は横浜を右前方に見てさらに江戸湾口に向かって帆走を続けていた。

嘉右衛門は船尾高櫓下の船室控えの間に藤之助を案内した。どうやらヘダ号は大半の乗組員が船尾に何層か分かれた区画の船室に寝起きする仕組みになっているように思われた。

「この船は船大工の弁造《べんぞう》を乗せておる。船大工らの作業場は舳先下にあるで、何人かの水夫らは船尾近くに寝所が用意されておる。乗組員の食事を賄《まかな》う厨房は船尾下にある。ゆえに時に匂いが漂ってくる」

嘉右衛門が、おろしゃの景色が描かれた絵が掛る控えの間の扉をさらに押し開くと重厚な飾りの船室が姿を見せた。船尾ゆえ楕円形で窓が開かれていた。広さは六畳ほどか。嘉右衛門の船室だった。

部屋の中央に古い帆布がかけられたものが置かれてあった。

「そなたに馴染みのものよ」

嘉右衛門が帆布を剝《は》ぐと、三脚台の上に固定された連発銃器が姿を見せた。

長崎の町年寄《まちどしより》高島家の時計師御幡儀右衛門《おはたぎえもん》がこの数年以上も創意と工夫を重ねて作り上げた連発式三挺鉄砲だ。

藤之助は二度ほど実戦に使用して三挺鉄砲の威力を承知していた。

五十発の口径一インチ弾を連続発射することができる改良型三挺鉄砲を陣内に譲った人物は玲奈の他にはいない。

「じゃじゃ馬どのからの伝言がある。儀右衛門の三挺鉄砲を自在に使いこなせるのは座光寺藤之助しかおらぬ。ただ今の情勢なれば長崎に置いておくより江戸に置いておくほうが役に立とうとな」

「玲奈はそれがしに残していきましたか」

藤之助が三連の銃身をぴたぴたと叩《たた》いた。ひんやりとした触り心地はなんとも頼もしい。

「それがしにとってアームストロング砲よりこちらが頼りになります」

と答えた藤之助が、

「陣内様、このヘダ号とこれらの武器、どうお使いになる心積もりにございますな」

「座光寺、それがしは堀田《ほった》様の配下ながら主が老中首座の地位にあるかぎり徳川幕府のために身を捧げることが務め。そなたとて長年徳川の禄《ろく》を食《は》んできた以上、幕藩体制護持のために死を賭するのが使命であろう」

と嘉右衛門が呟くように言い、

「だが、われらを取り巻く情勢はあまりにも錯綜《さくそう》しておる。なにが徳川のためになるのか、そうそう簡単には読みきれぬ。そこを間違うては、それがしもそなたも逆賊の汚名を着せられてあの世に逝《ゆ》くことになるということだ」

「そのときは致し方ございますまい」

「覚悟ができておるというか」

嘉右衛門が藤之助の顔を正視すると、

「このヘダ号、操船する船頭はおっても列強各国の艦隊のように船全体を司《つかさど》る司令官がおらぬ。座光寺藤之助、ヘダ号の司令官を命ずる」

「わずか一隻だけの司令官ですか」

「いずれ亜米利加東インド艦隊やおろしゃの極東艦隊を超えた戦闘船団にしてみせる」

と嘉右衛門が静かな口調で言い切り、

「陣内様、やはり一隻だけの艦隊司令官はありますまい。それがし、相談役として乗船させて下され」

と藤之助が願った。

三

扉が外から叩かれた。

「なにようか」

「滝口船頭がお呼びです、陣内様」

と返事がした。

嘉右衛門が船尾の小窓から外を覗いた。日が西に傾き、濃い影を落とした富津岬《ふっつみさき》が上下に揺れる小窓の向こうに流れるように見えた。

「あれじゃな」

と嘉右衛門が異国製の望遠鏡で覗いていたが、

「見てみよ」

と藤之助に渡した。

遠望鏡の視界に四、五百石と思える帆船が二隻ヘダ号を追尾している姿があった。

「溜間詰《たまりのまづめ》派の面々ですか」

開国派の老中首座に対立する彦根《ひこね》藩主の井伊直弼《いいなおすけ》らは同じ考えの持ち主を糾合《きゅうごう》して対抗勢力とし、下田湊でも日米和親条約の修補条約締結を阻止しようと斬り込み隊を乗せた帆船を送り込み、藤之助らと一戦を交えていた。

「ヘダ号が佃島沖に現れて以来、怪しげな小舟がうろついておると治平から聞かされておったが、いよいよ出おったか」

「下田湊以来の対面ですな」

「座光寺藤之助の相手には力不足か」

「いえそのようなことは」

「任す」

と嘉右衛門が藤之助に言った。

「お借りします」

と三挺鉄砲を見た。

「ヘダ号に座光寺藤之助が乗船しておるときは、そなたがかぴたんよ。鉄砲を舳先に固定するための銃架は船大工の長、弁造がすでに工夫していよう」

と嘉右衛門は部屋から出る気配もなく、藤之助が最高責任者であることを改めて宣告した。

「こちらもお借り申す」

藤之助はおろしゃが改装を加えた飾り棚にあったジャワ更紗《さらさ》の布を摑むと目と鼻を残して顔を布で包み、その両端を首の後ろに垂らした。

「江戸湾で面体《めんてい》を曝《さら》してまで騒ぎを起こす要はございますまい」

「肥前長崎や下田湊のようにはいかぬか。まあ用心に越したことはあるまいがのう」

「敢《あ》えて溜間詰派の井伊様方を刺激することはございません」

「好きにせえ」

嘉右衛門を船室に残して甲板に出た藤之助は、操舵場に初めて上がった。

和船に比べて高櫓は広く、舵輪が中央にあって操舵手が大きな舵輪に手をかけており、その傍らに主船頭の滝口治平が立っていた。そして、さらに操舵方にして副船頭の内藤東三郎《ないとうとうざぶろう》、砲術方の宗田与助《そうだよすけ》が控えていた。藤之助が長崎に向かったときの江戸丸以来の馴染みの顔触れだ。

二人が藤之助に会釈をした。

「それがし、陣内様より相談役を命じられた」

「座光寺様、お指図に従います」

と治平は嘉右衛門からすでに聞かされていたか、言った。

「船尾から追尾してくる船は二隻かな」

「ほかに、前方にも」

と治平がゆく手を指した。

ヘダ号の舳先、左手に黒く塗られた千石船級の帆船がこちらの行く手を遮《さえぎ》ろうと待ち構えていた。

藤之助は後ろの二隻を振り見たあと、再び前方に視線を戻した。

補助帆と前檣に張られた帆の下から水平線が上下に揺れて望め、辺りを航行する船は溜間詰派の三隻以外に見あたらなかった。

「滝口船頭、三挺鉄砲を舳先に固定してくれぬか」

甲板に乗組みの水夫たちが待機して高櫓からの命を待っていた。

「弁造、三挺鉄砲を舳先に装備せよ」

と主船頭の命が下り、俄《にわ》かにヘダ号船上が騒がしくなった。

船室から帆布に隠された銃器が持ち出され舳先付近に固定される作業が開始された。滝口治平主船頭の支配下の水夫たちは少人数ながらよく訓練されており、無駄なく上甲板上を動き回った。

その様子を古舘光忠らが邪魔にならない上甲板の隅から見守っていた。

「後櫓拡帆《こうしょう》！」

と滝口主船頭の命が下り、ヘダ号は前檣に加えて後檣にも帆が張られた。

ゆっくりと推進していたヘダ号の船足が急に早まった。だが、治平はヘダ号の手綱《たづな》をひき絞るように一旦《いったん》船足を緩めさせた。

満帆に風を拾っていた帆がたるんだ。ヘダ号の進行方向を転じて帆の角度を変えたせいだ。

滝口治平は陣内嘉右衛門に従い、長崎から五島《ごとう》列島の海を走り回ってきた兵《つわもの》だ。海を承知していた。

風具合を読み、波に巧みに船を合わせる術《すべ》を承知していた。

一方、ヘダ号の前後にへばりついていた溜間詰派の帆船はヘダ号を挟み打ちするために船足を上げた。

「滝口船頭、ヘダ号が江戸湾に入った挨拶代り、長崎以来の馴染みの三挺鉄砲の音を響かせようか」

「座光寺様のお手並み、久しぶりにたっぷりと拝見致しましょうかな」

滝口治平が笑い、

「芝居もどきの外連《けれん》か、玲奈譲りのはったりかと申したいのであろうが」

「下田湊に高島玲奈様が援軍に駆け付けられたそうですな、お会いしとうございました」

「新造のクンチ号を伴って武器商人の真似《まね》をしておるわ」

藤之助は更紗の裾《すそ》を靡《なび》かせて高櫓から下りると甲板を走りながら、

「光忠、手伝え！」

と命じた。

光忠は山吹陣屋と下田での藤之助の破天荒ぶりに付き合って腹が据《す》わっていた。だが、残りの二人の石和五郎蔵と清水谷兵吉は未だ座光寺家の当主の無茶ぶりを承知していなかった。

おろしゃ海軍の指導で造られたヘダ号の舳先には、補助帆を張るための船首が長く突き出ていた。

船大工の弁造は船首が邪魔にならぬように左舷側に三挺鉄砲を固定していた。

「これでようございますか」

「今日はこれでよい。明日にも船首の上から狙えるように三挺鉄砲の台座を造ってくれぬか」

「畏まりました」

藤之助が帆布を剝《は》いだ。

「これはまた」

と古舘光忠が呆然と時計師御幡儀右衛門が創意工夫した三挺鉄砲の威容に目を見張った。

「光忠、よく見て操作を覚えよ」

と命じた藤之助は一インチ弾五十発が装塡《そうてん》された大型輪胴《シリンダー》を改良三挺鉄砲の銃尾に固定し、手回しの取っ手を操作して動きを確かめた。

「よかろう」

藤之助が船尾の高櫓に向かって手を上げた。

　すると滝口治平の命が下り、ヘダ号が風を拾う方向に転進すると帆の角度を変えた。それまで垂れていた帆が風を満帆に拾い、白い優美な形に膨《ふく》らんで船足を増した。

　前方の黒い帆船はヘダ号の右舷前方に位置していたが、左舷側に移動してヘダ号のその鼻先を抑えようとした。

　後方の帆船二隻もまたヘダ号との間合いを詰めて突っ込んできた。

　三隻は前後からヘダ号を挟み打ちにしようとしていた。

　だが、おろしゃ極東艦隊と戸田の船大工たちが経験と英知を集めて建造したヘダ号の操作性には敵《かな》わなかった。

　滝口治平はこれまで江戸丸を操船してきた経験を最大限に西洋式の帆船操作に発揮していた。

　その滝口主船頭は三挺鉄砲の銃口が向けられた左舷側の海域に黒い帆船が来る位置にヘダ号を向けていた。

　黒い帆船は船名もなく藩を示す旗印も上げていなかった。だが、藤之助は溜間詰派か、あるいは、水戸藩所属の帆船かと推測した。

　黒い帆船が転進し、ヘダ号とはおよそ三丁ほど距離を開けて対峙しようとしていた。

黒い帆船の船縁《ふなべり》から鉄砲が突き出されているのが見えた。

「おっ、われらを撃つ気か」

と石和五郎蔵の驚きの声が上甲板に響いた。

「五郎蔵、兵吉、頭を下げて姿勢を低くしておれ」

と藤之助が命じた直後、銃声が富津岬沖に立て続けに響いた。

だが、三丁の距離がある上に波に揺られての船上からの射撃、弾はヘダ号の船体を掠《かす》めて背後の海へと飛び去った。

藤之助は肩を三挺鉄砲の銃床にしっかりと密着して銃身がぶれないようにすると引き金に指をかけた。

銃身の向こうに黒い船体が過《よぎ》っていこうとした。

引き金が絞られた。

たんたんたーん
と回転する三挺の銃口から律動的に撃ち出された一インチの銃弾が糸を引いて、黒い帆船の船腹喫水部に集弾し、穴を開けた。

さらに藤之助の射撃は続き、十五、六発が黒い帆船の船体に人間の頭ほどの穴を穿《うが》ち、そこから忽《たちま》ち船体に海水が浸入していった。

海水の重さで黒い帆船の船足が、がくんと落ちた。

慌て騒ぐ船上がヘダ号からも眺《なが》められた。三挺鉄砲の銃弾に開けられた穴が見る見る大きく広がり、黒い帆船が左舷側に傾き始めた。

「帆を下ろせ!」

僚船が慌てて黒い帆船へと救助に向かった。

それを確かめた滝口冶平の声がヘダ号上甲板に響いた。

「面舵《おもかじ》一杯!」

水夫たちが機敏に動き回り、帆の角度が変えられて、ヘダ号は大きく転進し始めた。

およそ一刻後、ヘダ号は新開地横浜の沖合に錨を下ろしていた。

ヘダ号の上甲板から伝馬舟が下ろされて陣内嘉右衛門と座光寺藤之助が武吉の漕ぐ小舟で新開地に向かった。

藤之助は小舟に立って新開地横浜を見ていた。

「そなた、横浜を承知であったな」

と嘉右衛門が問うた。

「吉原の遊女瀬紫《せむらさき》を追って御用聞きの手先の兎之吉《うのきち》と横浜村洲干島《しゅうかんじま》を訪ねたのはわずか一年半前のことにございました。あの当時、曖昧宿《あいまいやど》が建てられ始めたばかりで横浜村は夜になると真っ暗でございましたな」

藤之助は答えながら横浜の急激な変化に驚きを禁じ得なかった。

海岸にはあちらこちらに波止場《はとば》や港湾施設らしき建物が建築中で、港付近には異人たちの住まいの洋館が建ち並んでいた。すでに横浜は開港に向けて着々と仕度《したく》を整え始めていたのだ。

「そうであったな、そなたと浅草の御用聞きが女郎を追って横浜村から戸田湊に足を伸ばしてくれたおかげで、それがしと知り合うことになった。それがわずか一年半前か」

嘉右衛門が感慨深そうに応じた。

「陣内様、いかにもたった一年半前の出来事にございました」

「われらが共有した一年半は平時の百年にも匹敵しようぞ。それがしもそなたも東奔《とうほん》西走《せいそう》し、幾多の出来事や騒ぎを経験した。そなたは長崎から上海にまで足を伸ばして異国まで見てきた」

「未だ夢を見ている気分にございます」

「われらに夢を見ておる暇はない」

「いかにもさよう」

伝馬の舳先が横浜の船着場の石段下に着いた。

藤之助が棒杭に舫い綱を結び付けた。

「武吉、半刻ほど待て」

「畏まりました」

と答えた武吉はヘダ号から用意してきた弓張り提灯を藤之助に持たせ、

「お伴宜《よろ》しくお願い申します」

と願い、二人を送り出した。

明かりを頼りに藤之助は横浜に今回は海から上陸した。

藤之助は脇の下に装着したスミス・アンド・ウエッソン社製の三十二口径リボルバーに小袖《こそで》の上から片手で触れて、確認した。

嘉右衛門は、港付近に建ち並ぶ洋館を見ていたが、

「こっちであったわ」

とおぼろげな記憶を辿《たど》るように歩き出した。

「陣内様、どちらに参られますな」

「横浜には未だちゃんとした洋式旅籠《はたご》はない。ホテルとは名ばかりのそれに類したものはすでに出来ておる。半年も前に一度訪ねたホテルは名前があったようなないような、海鼠壁《なまこかべ》の建物であった」

と不確かな記憶を頼りに居留地に建てられた洋館と洋館の間の道を入っていった。

藤之助はすでに建てられた洋館の玄関に、

「ジャーディン・マセソン商会仮店舗」

の文字を見た。

上海に進出して営業活動を拡大するジャーディン・マセソン商会は次なる交易相手国として日本を視野に入れて、すでに横浜に拠点を定めていた。

「座光寺、煎海鼠《いりこ》なる食材を承知か」

といきなり嘉右衛門が尋ねた。

「煎海鼠にございますか、存じませぬ」

藤之助は首を横に振った。

「そなたは山育ちゆえ馴染みがないかもしれぬな。だが、長崎ではそなたも食しておる筈《はず》じゃ」

「煎海鼠をでございますか」

首肯した嘉右衛門は、

「和人が鮑《あわび》を珍重するように唐人は海鼠を貴重な食材として、高値で取引き致す」

「干し海鼠なれば長崎会所《かいしょ》で見た覚えがございます」

「長崎会所でか、本来なれば幕府の俵物役所のみが携わることができる食材よ。じゃが、そなたに申すまでもないが、長崎は別国であってな、長崎会所も煎海鼠を密かに唐人に売っておるのであろう」

と苦笑いした。

「海鼠はな、この江戸湾でも年間およそ三千貫は採れる、この海鼠を釜で茹《ゆ》でて、干したものが煎海鼠と呼ばれる高級食材よ。最前申したが、煎海鼠は幕府の俵物役所が一括《いっかつ》して買い上げ、長崎に送り、そこから清国に積み出される。とこれは通常の交易だが、いつの時代も金になる品を商人が見逃がすわけもない。磯子《いそご》あたりで加工される煎海鼠が半分以上も俵物役所とは別の方法で清国に送られておる。そなたが長崎会所で見たという干し海鼠は、この界隈から密輸出される品であったかも知れぬ」

藤之助には嘉右衛門がなんの話をしようとしているのか、未だ推測も付かなかった。

「煎海鼠一千五百貫として莫大《ばくだい》な売り上げと思わぬか」

「横浜にその煎海鼠を扱う人物がおられますか」

「これから会う魯桃大人《ろとうたいじん》がその人物である」

「江戸近くで密輸出に関わる唐人がいるとは驚きにございますな」

「唐人は逞《たくま》しい。いかなる時代にもいかなる土地においても適応する力を持ってお
る。魯桃大人は長崎の黄武尊《こうぶそん》大人とも親交を持っておってな、これから横浜が開港場
になっていくとき、欠かせぬ人物なのだ」

「陣内様は昔から承知にございますか」

「いや、二年半ほども前からか」

「ただ今の二年半は大昔にございます」

「いかにもさようであったな」

藤之助の持つ提灯の明かりが海鼠壁を捉えた。

二階建ての建物で和人が泊まる旅籠とは雰囲気が違った。ぎやまんが嵌《は》め込まれた
窓から明かりが洩《も》れていた。

藤之助は女の顔がふわっとぎやまんの窓の向こうを過《よぎ》ったと思った。

「ここであったな」

と嘉右衛門が安堵《あんど》の声を洩らした。

「それがし、どう致しましょうか」

藤之助は待つのか同席するのかを聞いた。

「そなたは黄大人の心を許した友であったな」

「大人にどれほど助けられ、教えられましたか。友ではございません、黄武尊大人はそれがしにとって師にございました」

「ならば、魯大人を師と仰げ」

と言い残した嘉右衛門が海鼠壁の洋式旅籠の玄関を上がっていった。

その時、藤之助はどこからともなく見られているような気がした。

四

黄武尊大人と同じように魯桃を師と仰げと嘉右衛門が言ったゆえ、魯は黄大人と同年輩ではと藤之助は勝手に推測していた。

二階の広間に待ち受けていたのは、背丈六尺五寸はありそうな偉丈夫《いじょうぶ》で、壮年の大入道であった。耳が左右に張り出して、兎《うさぎ》を思わせるのは愛敬のある眼のせいか。

「陣内様、久しぶりにございましたな」

黄土色の長衣を着た魯は両袖に突っ込んでいた手を出して嘉右衛門に握手を求めて抱擁《ほうよう》し合った。その様子から魯大人と嘉右衛門がすでに信頼関係を結んでいるのが分かった。

海鼠壁のホテルの二階の広間は、十六畳ほどか、続き部屋になっていて隣室に人の気配がした。

広間には段通《だんつう》が敷かれた床に円卓《テーブル》と革張りの椅子が四つ置かれて、訪問者を待ちながら魯大人はそこで座して水煙草《みずたばこ》を吸っていた。

挨拶が終わった魯が藤之助を見た。

「座光寺藤之助様、噂はかねがね聞いておりました。私が知る和人とはいささか違った雰囲気にございますな」

魯大人が藤之助の手を取った。ふんわりと柔らかく肉厚の手が藤之助の手を包んだ。

「風聞ほどあてにならぬものはありません」

「いえ、風聞だけではございませんでな。一年半も前、この地、洲干島で曖昧宿が火付けに遭《あ》って焼失しました。さらにその近くで唐人と和人が剣を交えて戦った騒ぎがございました。確か和人は座光寺左京《さきょう》と呼ばれた人物、そなた様ではございませんか」

小さく頷《うなず》く藤之助に、

「張史権《ちょうしけん》は黒蛇頭《くろじゃとう》の老陳《ろうちん》配下の剣術の遣い手にして短銃の名手にございましたよ。それを一人の和人が事もなげに斃《たお》した。われらの仲間の間で座光寺なる侍は何者か、話題になりました」

「遠い昔の出来事のように思えます」

いかにも、という表情で魯大人が首肯した。

「それがきっかけのように座光寺様の活躍ぶりが戸田、長崎から伝わってきて、遂《つい》には上海を大騒ぎさせた事件にも座光寺様が一枚嚙《か》んでいたそうな。どれもが破天荒な出来事でございます。が、およそそのような話は真実からはほど遠い」

「いかにもさようです」

「だが、座光寺様に関しては話半分ではなかった。実物の方が何倍もふてぶてしい。敵に回すと厄介《やっかい》この上なく、味方にとっては頼もしいお方」

「魯大人、買いかぶりも甚《はなは》だしい」

「私の言葉ではございません。長崎の大人がつい先日も私に残していかれた言葉です」

「ほう、黄武尊大人は横浜にも立ち寄ったか」

と嘉右衛門が腑《ふ》に落ちたという感じで口を挟んだ。

「高島家の玲奈様と短い滞在ではございましたが立ち寄っていかれました。下田湊では陣内様方とご一緒だったとか」

「いささか騒ぎがあってな、長崎会所や黄大人の力を借りた」

ふっふっふ
と含み笑いした魯が、ぽんぽんと手を打った。すると唐人服の娘たちが酒や料理を運んできて、円卓に並べ始めた。

「下田では座光寺様は溜間詰派の面々をきりきり舞いさせたとか。これまで遠い地から座光寺様の噂話が伝わってくるばかりで真偽を疑っていた者も、下田での無敵の武者ぶりを見せられて座光寺恐るべしと改めて思い知らされたのではございませんか」

「魯大人、入魂《じっこん》のお付き合いを願ってようございますか」

「だれが座光寺様を敵に回したいと思いましょうや。高島玲奈様との二人組、なんとしてもお味方とさせていただきたい」

と笑い、

「ささっ、あちらの席に移りませぬか」

と魯が酒席に移るように誘った。

「陣内様、内談がございますなればそれがし、席を外します」

「すでに終わった」

と嘉右衛門が言った。

「それがしを魯大人に引き合わせることが横浜訪問の理由と申されますか」

「それもある」

と応じた嘉右衛門が低い革張りの椅子から立ち上がった。

「だが、もはや用事は済んだ」

と重ねて言った。

嘉右衛門と魯大人、言葉にせずとも阿吽《あうん》の呼吸か、顔を見合わせただけで互いの意中が読み合える付き合いのようだ。

三人は円卓に移った。

本式な唐人料理は長崎以来だ。なんとも懐かしい匂いであった。料理を運んできた女たちは隣室に姿を消していたが、扉が開いて唐人服に身を包んだ女が一人入ってきた。だが、藤之助は、そちらに注意を払っていないように見えた。

「座光寺様、喉の渇きをいやされませぬか」

と甕割《かめわり》の古酒の香りと一緒に酌の手が藤之助の目に入った。

藤之助はその女を振り向くことはなく卓に置かれてあった酒器を取り上げ、

「おあきさん、久しぶりかな」

と答えると最前ぎやまんのガラス窓の向こうに過った影の主は、横浜の薪炭商相模《しんたんしょうさがみ》屋《や》の三代目おあきだったかと気づいて、振り見た。

「座光寺様と会うときはいつも肝を冷やされ、驚かされます。私ばかりかと思うたら、列強各国が一目《いちもく》をおく人物に変身なされた」

新開地を取り仕切る和人が相模屋の三代目と聞き、兎之吉と会いに行った。紺地の半纏《はんてん》を伊達《だて》に着こなした二十歳《はたち》そこそこの美しい娘とわかったときの兎之吉の驚いた顔を、藤之助は思い出していた。

「おあきさんと会った夜が百年も昔の出来事のように存ずる」

おあきが藤之助の酒器に古酒を注ぎ、嘉右衛門、魯大人と酌をして回ると一脚残っていた空の椅子に腰を下ろした。

「おあきさんと魯大人が知り合いであったとはな」

「座光寺様の上海まで股にかけての活躍とは違い、新開地横浜は小さな世界にございます。うちのような商いは異人船を相手にする商い、魯大人の庇護《ひご》があればこそ成り立つ商いにございます」

と応じたおあきの、

「挨拶は済みましてございます。ささっ、お酒を召し上がって下さいまし」

「頂戴しよう」

と嘉右衛門の音頭で男たちが古酒を飲み干した。

藤之助の隣の椅子に座ったおあきが、

「過日、玲奈様とお目にかかり、魯大人から長崎町年寄高島家のお嬢様とお聞き致しました。藤之助様とお似合いのお方に存じます」

その場でどのような会話がなされたのか、藤之助は知る由《よし》もなかったが、おあきは女の勘で藤之助と玲奈に深い交情があることを見抜いていた。

藤之助はただ頷き、

「黄大人も長崎会所も横浜に注目しておるということにございますか」

とその場のだれにということなく聞いた。

「すでに長崎が異国との交易を独占した時代は終わったでな、黄大人らがそう考えても不思議はない。だが、長崎会所の場合は大人らとは違おう」

「われら唐人は商いが成り立つところなれば地の果てまでも参ります、反対にうま味が減ったと感じれば場所を移すことにも躊躇《ちゅうちょ》致しません」

と魯大人が唐人のあくなき冒険心と商売道を語り、頷いた嘉右衛門が、

「長崎会所は地付きの人々で成り立っておる。長崎の地を離れて商いを為し得るのは玲奈どのくらいしかおるまい」

と言い足した。

藤之助は二人の観測に、日本での異国との窓口が長崎から江戸に近い横浜に移りつつあることを実感した。

「おあきさん、それがしの酌を受けてくれぬか」

藤之助が飲み干した酒器をおあきに差し出し、

「頂戴します」

とおあきが受け取った。

藤之助が古酒を注ぐと目の高さに酒器を捧げたおあきが、

「座光寺様がかようにも大きな人物とは、あの夜察しもつきませんでした」

「おあき、察しておったらどうなった」

と魯大人が聞いた。

「商いを擲《なげう》っても一緒に戸田湊まで付いていったかもしれません」

と答えたおあきが古酒をゆっくりと飲み干した。そして、藤之助に返した。

「おあきさん、新開地のあの夜のそれがしは、世間の動きがまったく分からぬ田舎者であったわ。ただおあきさんが洩らした言葉を頼りに豆州戸田湊を目指した」

「吉原から足抜けしてきたという遊女の瀬紫を追っていかれましたな。戸田湊で瀬紫を捕まえることができましたか、座光寺様」

藤之助は首を横に振った。

「老陳の懐に逃げ込んだ瀬紫は、いくら座光寺様とて手が届かぬ女でございましたか」

「長崎にて再会し、運命の糸に導かれるように異国の上海から寧波《ニンポー》と、おらんと本名に名を戻した瀬紫を追って回った」

「なんと異郷の地まで。座光寺様の執念、尋常ではございませんね」

おあきが呆《あき》れた表情を見せた。

「吉原の妓楼《ぎろう》の主と約束したでな」

「なんとも義理がたい座光寺様か」

おあきが藤之助の酒器に甕割りの古酒を注いだ。藤之助は盛り上がった茶色の紹興《しょうこう》酒《しゅ》が揺れるのを見て呟いた。

「おらんは長崎の稲佐山《いなさやま》に眠っておる」

おあきが両眼を見開いて藤之助を見た。

「妓楼の主との約束を果たされましたので」

「座光寺家の秘密を知る女でもあったでな、命をもらい受けるしかなかった」

おあきがしばし沈黙し、

「やはり座光寺藤之助と申される人物、ただ者ではございません、魯大人」

「おあき、われらが仲間でよかったとは思わぬか」

魯の言葉に頷き返したおあきが新しい酒を嘉右衛門と魯大人の酒器に注ぎ、藤之助が唐徳利《からどつくり》を取り上げるとおあきの酒器に酒を注ぎ返して、四つの酒杯が卓の上に掲げられた。

「おあきさん、われらがささやかな交情に乾杯致そうか」

嘉右衛門の言葉に、

「われらが行く手に運あらんことを、財に恵まれんことを」

と魯大人が受けた。そして、藤之助を見た。

「魯大人、幾久しいお付き合いを願います」

四人の酒杯が打ち合わされ、飲み干された。

嘉右衛門と藤之助が海鼠壁のホテルを出たときは四つ（午後十時）の刻限を過ぎていた。

「ちと遅くなった」

「夜の航海をなされますか」

「無理をすることもあるまい」

嘉右衛門は横浜埠頭《ふとう》の沖合で一夜を過ごすと言った。

「滝口治平もその気でおろう」

「世界は広いようで狭うございますな」

「相模屋の女主人に会ったことか」

「おあきさんに教えられてこの横浜の地から戸田湊に回り、陣内嘉右衛門と申すお方に会うことになりました」

「老陳にもな」

「それがしにとってすべての始まりであったかもしれませぬ。その後、江戸丸に乗船し伝習所入所候補生らと長崎に向かうことになり、長崎でさらに多くの人々と知り合いました。そして、玲奈にも」

「この世の中、愛憎や利害が絡《から》み合うて出来あがっておるようじゃ。今宵《こよい》、そなたに魯桃を会わせたのもその一環、そなたを中心とした人の輪が一段と大きくなった」

「魯大人はこの横浜でなにを企てておられるので」

「黄武尊大人が長崎で務めてきた役目よ、新しく横浜に来る唐人らの道案内をなすそうな」

「唐人街を作ることも考えておられますか」

「間違いなかろう」

「舞台は江戸に移りましたな。黄大人がライスケン号に同乗して下田や横浜の様子を見に参られたのも、玲奈がクンチ号にミニエー・ライフル二千五百挺を積んで、レイナ号で長駆陸奥《ちょうくむつ》辺りの大名家に売り込みに行った行動も理解がつきます」

「なにっ、クンチ号にはそれだけの小銃が積まれておったか」

「いささか古い型の銃器です。売り時を間違えると長崎会所は抱え込んでしまうことになる」

「いかにもさよう」

二人はジャーディン・マセソン商会仮店舗の建物の傍まで戻り付いていた。沖合にヘダ号の明かりが見えた。その様子はすでに仮の眠りに就《つ》いているようにも見えた。

「この横浜が上海のように列強の植民地と化すか、長崎に代わる新しい窓口としての交易港になるか。座光寺、そなたらの世代の働き次第よ」

「その前に陣内様方に大鉈《おおなた》を振るってもらわねばなりません」

「いささか草臥《くたび》れた」

と珍しく嘉右衛門が弱音を吐いた。

「いえ、われらが時代、休むことを許されるのは墓所に亡骸《なきがら》が葬られた後のことにございます」

「とは申せ、しんどいことよ」

藤之助は嘉右衛門の前に出ると足を止め、手にしていた弓張り提灯を突き出した。

明かりの中に頬被《ほおかぶ》りをした数人の影が姿を見せた。

藤之助は二人が浪々の武士、残り三人が着流しのやくざ者と見た。

「物盗りか」

と嘉右衛門が尋ねた。

「陣内嘉右衛門か」

と痩身《そうしん》の浪人が問い返した。

「いかにもそれがしが陣内じゃが」

と酔眼で相手を確かめた嘉右衛門が、

「金でだれぞに雇われたというのであれば悪いことは言わぬ。前渡しの金子《きんす》を懐《ふところ》に手を引け。それがそなたらのためだ」

と嘉右衛門が言い切った。

「それでは稼業にはならぬ」

小柄な浪人が応じた。

「律儀なことじゃが命あっての物種じゃぞ」

問答を聞きながら藤之助は、痩身の浪人より小柄な浪人の方が腕の立つことを見抜いていた。そして、この五人組の頭分《かしらぶん》が着流しに懐手の、頬が殺《そ》げた町人と見た。

浪人二人が抜刀し、頭分以外の男二人が匕首《あいくち》を翳《かざ》した。

藤之助は動かない。ただ、間合を計り、動きの兆候を確かめていた。

「でくの坊を倒してくんな。爺様はおれが殺《や》る」

と頭分と見た男が命じた。

「畏まって候《そうろう》」

痩身の浪人が剣を左肩の前に逆八双《さかさはっそう》に立てた。左利きか。

ふうっ

と息を吐いた痩身の浪人が、
ふわり
と踏み出そうとした。
藤之助が手にしていた弓張り提灯を踏み込んできた浪人剣客の足元に投げると動きを止めた。
次の瞬間、藤之助の体がなんの予兆も感じさせずに小柄な浪人剣客の前に飛んでいた。
投げられた提灯が燃え上がり、辺りが明るくなった。
明かりの中で小柄な浪人は正眼に構えていた剣を藤之助の前に突き出して牽制《けんせい》した。
だが、その予測を超えて藤之助の動きは迅速《じんそく》を極め、腰間《ようかん》から藤源次助真二尺六寸五分の大業物《おおわざもの》が光になって走り、長い腕と相まって突き出された剣の下をかい潜《くぐ》り、胴を撫《な》で斬っていた。
次の瞬間、
ぽーん
と頭分と見た男の前に跳躍した藤之助の藤源次助真が相手の股《また》を割り、その場に転がしていた。

　血の匂いがふうっと漂い、流れた。

　藤之助は元いた場所に後ろ飛びに戻った。

　一瞬の裡《うち》に二人を倒した早技に三人が呆然《ぼうぜん》と立ち尽くしていた。

「命には別状ない。じゃが、一刻も早く医師のもとに運び込み、血止めをしてもらえ」

　藤之助が静かに宣告すると、

「参りましょうか」

　と嘉右衛門に声を掛けた。

　地面に投げられた弓張り提灯は未だ燃えていた。

　二人は武吉が待つ伝馬舟に向かって歩き出した。

「溜間詰派の刺客にございましょうか」

「なんにしても小者よ。いや、あやつらがではないわ、あの者たちを雇った者のことよ」

　と嘉右衛門の声が闇に響いた。

第三章　実戦演習航海

一

朝ぼらけの講武所《こうぶしょ》船着場にヘダ号がゆっくりと着岸しようとしていた。

縮帆《しゅくはん》作業が滝口治平《たきぐちじへい》支配下の乗組員によって粛々《しゅくしゅく》と行われ、船足が緩《ゆる》んでいった。

「ヘダ号の乗組員は治平どの以下、十人ほどか」

「操舵場《そうだば》に操舵方内藤東三郎《ないとうとうざぶろう》と砲術方宗田与助《そうだよすけ》の二人、この内、東三郎は副船頭を兼ねております。甲板員として百次《ももじ》ら六人、船大工の弁造《べんぞう》と炊き方の文吉《ぶんきち》、私を入れてただ今十一人にございます」

滝口治平、内藤東三郎、宗田与助は元々御船手《おふなて》奉行支配下の同心であり、士分格だ。

「操船には不足はないな」

「じゃが、砲甲板の作業まではこの陣容では無理にございます」

冶平は操船しながら砲撃に加わるのは無理があると言っていた。そこへ嘉右衛門《かえもん》が姿を見せた。

「ヘダ号の表向きの役目は観光丸《かんこうまる》と同じく異国型帆船や蒸気砲艦に慣れるための訓練船である。紅毛人らが口を揃《そろ》えることは自走蒸気艦船の操船の基本は帆船に習熟することだという。ならばヘダ号の役目はおのずと見えてこよう」

「陣内《じんない》様、ヘダ号で講武所軍艦操練所生を訓練せよと申されますか」

「座光寺《ざこうじ》、そなたはそこの教授方ゆえな、それも急務の一つであろう」

「陣内様、われら、なんとかこの帆船の操船には慣れました。ただし、教えるほどの技術が備わったかと申せば」

「滝口、われらに悠長な時間は与えられておらぬ」

と嘉右衛門がぴしゃりと言い切った。

はっ、と畏《かしこ》まった滝口が、

「なれど、陣内様、われらの中で砲術を承知なのは宗田与助だけにございます。その与助とて実弾訓練は限られたものにございます」

「考えてある」

と言った。

藤之助《とうのすけ》の頭に長崎人の名が浮かんだ。

「高島秋帆《たかしましゅうはん》どのにございますか」

「そなた、承知であったか」

「いえ、長崎では掛け違い、面識を得ておりませぬ」

「徳丸ヶ原《とくまるがはら》の大砲実射訓練から長い不遇の時期を過ごされておったからな。秋帆どのの門弟であった江川太郎左衛門《えがわたろうざえもん》どのが亡くなられた今、秋帆どの本人か、その弟子筋しかおるまい。だが、彼らは多忙な身、今直《す》ぐには間に合うまい。宗田与助が自らの技術を高めるとともに他の者を指導していくしかあるまい」

嘉右衛門は実戦訓練で短期間にアームストロング砲の操作を身につけよと言っていた。

幕府講武場が男谷精一郎《おだにせいいちろう》らの主導で設立されたとき、江川太郎左衛門英龍《ひでたつ》は、講武場の砲術教授方に就任していた。

伊豆代官として豆州韮山《ずしゅうにらやま》に陣屋を持つ江川家の三十六代当主英龍は享和《きょうわ》元年（一八

○一）五月十三日生まれだ。
　十九世紀に入って日本を取り巻く周辺の海域に異国の砲艦が姿を見せるようになったこともあり、江川英龍は海防に強い関心を示して長崎の近代砲術の指導者、高島秋帆に弟子入りして西洋式の砲撃と射撃術を習った。

　だが、蘭学嫌いの鳥居《とりい》耀蔵《ようぞう》ら保守勢力によって渡辺崋山《わたなべかざん》、高野長英《たかのちょうえい》らが捕縛され、江川の師の高島秋帆も活動を停止させられた。蛮社《ばんしゃ》の獄《ごく》といわれる事件だ。この鳥居らの策略のために日本に近代砲術が根付くことが十数年遅れることになった。

　だが、激動する時代が高島秋帆や江川らを再び砲術指導者として表舞台に立たせることになった。

　そんな矢先、安政《あんせい》二年（一八五五）一月十六日、江川英龍は病死していた。

「陣内様、近々ヘダ号に操練生を乗せ、実戦演習航海に出る手筈《てはず》をつけて頂けませぬか」

「座光寺、そなた、あっさりと空恐ろしいことを口に致すな。城中でそのような達しが得られるまでどれほどの稟議書《りんぎしょ》が回され、無益な議論が繰り返されると思うてか」

「われらに時がないと申されたのは陣内様にございますぞ」

「年寄を殺す気か」

　と吐き捨てた嘉右衛門が、

「致し方ない、なんとか工夫をせねばな、宝の持ち腐れになろう」

と自らに得心させるように呟《つぶや》いた。

「よし、滝口治平どの、数日内にも江戸湾の外に出て実戦演習航海を実施致す。その仕度《したく》を願おう」

「何日ほどの航海と考えればようございますか」

「十二日から十五日分の食糧と水を願う」

「ヘダ号の乗組員十一人に加え、操練所生を何人乗り組ませますな」

「滝口、ただ今の講武所の具合ではせいぜい八、九人が手いっぱいか」

と嘉右衛門が答え、

「搭載のアームストロング砲は六門、一門に三人から四人を考えれば十八人から二十四人必要とする」

と藤之助が応じた。

「座光寺、六門同時の実戦訓練の要員を乗せるつもりか」

「ヘダ号の大きさではいささか無理にございましょうな。よろしい、操練所生に加え、わが座光寺家から三人を砲術訓練生として乗船させます。都合十一、二人の砲術見習い方を加えて総員二十三、四人の大人数となります」

「唐人船に比べれば大した数ではあるまい」

いかにも唐人のジャンク船には時として数百人の人間が乗り、豚や鶏まで飼われて大海原を航海していた。そのことを藤之助は上海《シャンハイ》や寧波《ニンポー》で見てきていた。

「滝口どの、三日後の出船を目標にすべての仕度を願おう」

「畏まりました」

と治平が受けて、

「座光寺様にお願いがございます」

「なんだな、滝口どの」

「英吉利《イギリス》の東インド会社の船上では上下の規律が事のほか厳しいものと聞いております。ヘダ号の主船頭はいかにも滝口治平にございますが、すべての権限を有する相談役は座光寺様にございます。以後、何事も願うなどと申されず、御命令なさいますよう願います」

藤之助は治平の顔を見て頷《うなず》くと、

「主船頭、承知した」

と答えていた。

海に出たとき、命令系統がはっきりしていることは大事だった。ために治平が言い出し、藤之助も受けた。

ヘダ号を下りた陣内嘉右衛門と藤之助は、その日の内に講武所の男谷精一郎頭取らに面会を求め、ヘダ号に操練所生を乗船させて実戦訓練の航海に出ることの了解を取り付けようとした。

「陣内どの、わがほうは問題なくとも城中の方々がなんと申されるか」

「頭取、そちらの頑固頭《がんこあたま》を打ち砕く役目はそれがしが致そう。互いに時がないのは分かっておるでな」

「ならば観光丸とヘダ号に訓練生を振り分け、帆船操作と蒸気砲艦の操船、砲撃訓練にあたらせましょう」

と男谷頭取の了解を取り付けたのは昼前の刻限だった。

嘉右衛門はその足で御城に上がり、藤之助はヘダ号に残った。

藤之助がヘダ号に待たせていた古舘光忠《ふるたちみつただ》ら三人の家来を伴い、一旦《いったん》屋敷に戻ろうとすると、

「屋敷は牛込御門《うしごめごもん》外にございましたか」

「いかにもさようだ、治平」

「ならば伝馬舟《てんまぶね》を使いなされ」

とヘダ号の甲板から下ろされていた伝馬舟を指した。

「この暑さ、水上を行く誘惑には勝てんな」

と藤之助は受けた。

「船頭を付けますか」

「山吹陣屋《やまぶきじんや》育ち、川舟じゃが櫓《ろ》は操れる」

伝馬舟に光忠らとともに乗り移り、光忠が櫓を握った。

「相談役、三日後にはヘダ号がいかなる力を秘めておるか、それを見極めるため、ぎりぎりの航海を実施すると考えてよいですな」

「いかにも、明け七つ（午前四時）には錨《いかり》を上げる」

「承知しました」

治平にも実質二日で食糧と水を調達し、二十数人をどうヘダ号船内に寝かせるようにするかなどやるべきことは無数にあった。

藤之助がヘダ号の船腹を両手で押して光忠が櫓を漕《こ》ぎ出した。

赫々《かっかく》たる光が江戸の町と海に降り注いでいた。

「光忠、田神助太郎《たがみすけたろう》と内村猪ノ助《うちむらいのすけ》とそなたを実戦航海に伴う。その心づもりをしておけ」

「はっ」

と光忠が畏まり、その顔に静かな興奮の色が漂った。

「五郎蔵《ごろぞう》、兵吉《ひょうきち》、そなたらはまだ外洋に出るまで船に慣れておらぬ。次の機会とせよ」

「畏まりました」

と五郎蔵の顔に安堵《あんど》の色が走った。

「そなた、此度《こたび》の航海で船酔い致したか」

「なんとか吐《は》くことだけは我慢致しましたが、富津《ふっつ》岬沖で藤之助様が奇妙な鉄砲をぶっぱなされたときには、最悪の状態にございました」

「兵吉はどうか」

「我慢ができず、海に顔を突き出して吐きましてございます。後で船頭の滝口様に汚したものが掃除をせよと命じられました」

「それも経験よ。だがな、外海に出ると海は荒れてなくともうねり始める、富津岬沖の揺れはヘダ号が立てる波のせいよ。江戸湾でヘダ号を走らせるのは庭の泉水で玩具の舟を走らせているようなものじゃ」

「この海が泉水にございますか」

兵吉が江戸湾を見渡した。
光忠が漕ぐ伝馬舟は佃島《つくだじま》と鉄砲洲《てつぽうず》の間の海域をゆっくりと大川河口へと向かっていた。

「大海原が荒れた時の波の凄まじさといったら言葉に言い尽くせぬ。気分が悪いなどと船べりから顔を突き出しておれば甲板に襲いきたりし波の 塊《かたまり》 が引くときに兵吉、そなたの体を攫《さら》っていこうぞ」

「そのようなことがございましょうか」

「ある」

藤之助は長崎に江戸丸で向かった折、伝習所入所候補生の藤掛漢次郎《ふじかけかんじろう》が荒天の駿河《するが》湾に転落して行方《ゆくえ》を絶った悲劇を語り聞かせた。

「海は恐ろしいものよ。じゃがな、この海を制せぬとわれらは異人らのように何千里の波濤を越えて異国にはいけぬ」

「いかぬと駄目にございますか」

と五郎蔵が小さな声で聞いた。

「この地でやることもあろう。だが、それだけではますます列強各国の力に押されて清《しん》国と同じように異国の軍隊をこの地に駐屯《ちゆうとん》させる事態を招いてしまうことになる。

それが我慢できるか」

「異人が徳川《とくがわ》様に取って代わると申されますか」

「そのような事態にならぬとも限らぬ。ゆえに長崎でもこの江戸でも必死で列強の軍事、交易、科学、医学に追いつこうと勉学なさっている人々がおられる」

「そのためには船に慣れよと申されますか」

「そなたらがまず克服すべきことかのう」

藤之助が笑った。

石和《いさわ》五郎蔵も清水谷《しみずや》兵吉も山吹陣屋に残された相模辰治《さがみたつじ》と同じように山吹領育ちではなかった。剣の早朝稽古に参加しているとはいえ、ひ弱さは否《いな》めなかった。

伝馬舟は湾内の通行のために帆船などに積載される小舟だ。猪牙《ちょき》のように船足は早くない。だが、四人を乗せても余裕があり大川河口から永代橋《えいたいばし》を潜《くぐ》り、新大橋へと向かって漕ぎ上がっていく。

「屋敷に戻ってももはや文乃《あやの》さんの姿はございますまいな」

と光忠がぽつんと言った。

江戸屋敷に奉公していた江戸生まれの娘が、当主と同道して陣屋を訪ねることなどまずない。

文乃が山吹陣屋の若い男女に与えた刺激は大きかった。これまで山吹領内が世界のすべてであったものが、文乃によって江戸が、そして、藤之助によって長崎や異国の事情が齎《もたら》されたのだ。

文乃は山吹陣屋から下田湊《しもだみなと》へと藤之助に同道し、異国の一端をも自ら体験していた。

光忠は旅を一緒にした同志を失った寂しさを感じたか、そう呟いた。

「文乃はもはや新しい道へと踏み出した」

「江戸育ちの娘御があれほどの勇気を示したのです。われらも泣きごとなど言ってはおられませぬ」

光忠は自らに言い聞かせるように言い切った。

「光忠、櫓を貸せ。それがしが代わる」

江戸に不案内な光忠は素直に藤之助の申し出を受けた。

櫓を握った藤之助の代わりに伝馬舟に腰を下ろした光忠が、

「隅田《すみだ》川《がわ》と天竜川《てんりゅうがわ》では櫓が摑《つか》む水の勢いがまるで違います。外海と江戸湾のような内海の違いとも言えるでしょうか」

と漕いだ感じを藤之助に伝えた。

「天竜は暴れ川、信濃《しなの》の諏訪湖《すわこ》に水源を発して一気に遠州灘《えんしゅうなだ》まで走り下るでな、水面から水底に渦巻く水勢が違おう。この隅田川は何度も開削されて舟運に適したような流れになっておる」

頷いた光忠が、

「初めて水上から江戸の町を見ましたが、大きゅうございますな」

と呟いた。

安政二年十月の大地震から二年と時間が経過していない。

大川の右岸、御城を中心とした町屋は急速な復興が行われ、一見水上から見る光景からは災害の痕跡を見付けるのは難しかった。だが、目を本所《ほんじょ》・深川《ふかがわ》に転ずれば、未《いま》だ未曾有《みぞう》の大地震の被害があちらこちらに見られた。

行く手に長さ九十六間の両国橋《りょうごくばし》が見えてきた。

「天竜川に一本も橋など架かっておりませぬ。それがこの江戸では何本もの橋が両岸を結んでおります」

暑い盛りの両国橋だが行きかう人々は絶え間なく、物売りの触れ声が川面に響いてきた。

「あやめあやめあやめあやめ、いときり菖蒲《あやめ》だんごあやめ！」

光忠が腰を浮かせて触れ売りを見た。

「菖蒲だんごとはどのようなものにございましょうな」

と山吹陣屋育ちの光忠が関心を示した。

「それがしも菖蒲だんごなるものは知らぬな」

「藤之助様、光忠様、糸切りしんこを五つほど竹串に刺して火で焼き、みつをかけた食いものですよ」

と兵吉が説明してくれた。

藤之助は伝馬舟を両国橋の下に入れた。すると日陰のせいで一瞬目の前が暗くなり、再び光の中に出ると江戸の町が幻のように浮かんだ。

「光忠様、江戸でも東西の橋詰はとくに賑《にぎ》やかにございまして、見物小屋、楊弓場《ようきゆうば》やら食べ物屋、床屋なんぞが並んで、藪入《やぶい》りの日など人込みで歩くことができぬほどです」

「藪入りとはなんですね」

「お店《たな》に奉公する使用人が、正月と盆の月の十六日に暇《いとま》を許される仕来《しきた》りですよ。江戸の人間なれば実家に戻り、家族と時を過ごす。ですが、在所から出てきた奉公人は一日で家に戻れませんからね、両国広小路や浅草奥山に出かけて芝居などを見物するのです」

「山吹と江戸ではまるで仕来りが違います。私は異国に慣れる前に江戸の暮らしを知らねばなりません」

「光忠、それがしと全く一緒よ。江戸の地理もよう分からぬ内に佃島沖から江戸丸に乗せられて肥前《ひぜん》長崎に運ばれた。それがたった一年半前とは信じられぬわ」

と藤之助が苦笑いした。

大川から神田川に入ると急に川幅が狭くなり、両岸に料理茶屋や船宿が立ち並び、江戸の情緒を醸《かも》し出していた。

「光忠様、この界隈、柳橋《やなぎばし》と申しまして芸者衆がいましてね、吉原と妍《けん》を競っているところです」

「芸者とは女郎のことですか」

「まあ、そんなものです」

と五郎蔵の返事は大ざっぱなものであった。

交代寄合《こうたいよりあい》衆千四百十三石の江戸屋敷の奉公人が吉原や柳橋に遊びにいく余裕などあるわけもなし、人の話から知るだけだ。

四人を乗せた伝馬舟は神田川をゆっくりと遡上《そじょう》して、浅草橋から柳原《やなぎはら》土手の下を通り、新シ橋《あたらしばし》から和泉橋《いずみばし》、筋違橋《すじかいばし》へと向かうと辺りの景色が一変した。町屋から武家地に変わったせいだ。

「光忠様、あの甍《いらか》は林《はやし》大学頭《だいがくのかみ》様が塾頭の聖堂にございますよ」

と兵吉が光忠に教え、

「異国との交渉を指揮なさる林大学頭様のおられる学問所ですか、さすがに大きいな」

と嘆息した光忠は、

「藤之助様、水上からの江戸見物を十分に楽しませて頂きました。お礼を申します」

と笑みを見せた。

「このようなのんびりとした時間はそうないな。それがしにとっても貴重な体験であったわ」

と藤之助が答えたとき、神田川は外堀と西北へ大きく曲がる江戸川の合流部に差し掛かり、外堀の向こうに牛込御門が見えてきた。

二

藤之助は久しぶりにお玉ヶ池の玄武館《げんぶかんちば》千葉道場に行き、偶然にも居合わせた、

「軽業栄次郎《かるわざえいじろう》」

と稽古《けいこ》を行った。

安政二年師走十三日、東国の剣術界の雄北辰一刀流《ほくしんいっとうりゅう》千葉周作成政《しゅうさくしげまさ》が六十二歳で亡くなった。そして、三男の道三郎光胤《どうざぶろうこういん》が玄武館二代目を継いだ。

周作は四男一女の子に恵まれていた。

だが、長男秀太郎《しゅうたろう》は父に先立ち、同じ年に肺病が原因で亡くなっていた。

次男の栄次郎は周作の倅《せがれ》の中で一番剣の天分に恵まれて、敏捷《びんしょう》にして果敢な剣術は、

「軽業」

と異名を取っていた。

だが、周作が後継に指名したのは道三郎であった。

この二人、周作によって藤之助が北辰一刀流に入門を許された安政二年に初めて手合わせした。そのときの対決は、玄武館の後々までの語り草になった。

軽業栄次郎と藤之助は持てる力と技を駆使して相手をねじ伏せようと死力を尽くした。その対決は、

「火が出る」

ような戦いであり、激突であった。

あの時から一年数ヵ月が経ち、互いがいろいろな経験を積んでいた。

藤之助と栄次郎は相正眼《あいせいがん》で構え合った。すでにお互いの技量を承知していた。それだけに二人して無駄な力を抜き、泰然と竹刀の先を相手の眼のあたりに付けた。

栄次郎は初めて藤之助に立ち合ったとき、

「伊那の田舎剣法信濃一傳流《いちでんりゅう》など何事かあらん」

という気持ちが強く、いささか強引に力で捩《ね》じ伏せようと試みた。それだけに体じゅうから火花が飛び散るような攻撃に終始した。

その試みは栄次郎の抜き胴、藤之助の電撃の振り下ろしの相撃ちに終わった。

栄次郎は即座に察していた。一見相撃ちに見えた技の掛け合いに勢いの差があることを。

二度目の対戦、栄次郎は虚心坦懐《きょしんたんかい》に藤之助と向き合った。

ただ二人は相正眼に構え合っただけだった。

だが、玄武館道場にぴーんと張り詰めた空気が漂い、稽古をしていた者までもが手を休めて二人の対決に見入った。

時がゆっくりと流れていく。

対決に見入る人は二人の姿に、
「行雲流水《こううんりゅうすい》」
といった想念を感じ取っていた。
どれほどの時が流れたか。
藤之助の構えが静かに変化していった。
竹刀が正眼から頭上に垂直に立つ構えと変わった。
信濃一傳流の基本の、
「流れを呑《の》め、山を圧せよ」
という考えに基づく壮大な構えだった。
道場に静かな嘆声が起こった。
藤之助の身の丈が突如、海を抜くこと一万尺余の岩峰に変化したと見えたからだ。
栄次郎は承知していた。
藤之助がこの構えから自らが独創した秘剣、
「天竜《てんりゅう》暴れ水」
に変化することを。
栄次郎は藤之助が竹刀《しない》の天を突いたその瞬間、正眼の構えのままに気配も見せず踏み込んでいた。藤之助の上段からの振り下ろしの前に自らの竹刀を得意の抜き胴に変化させた。

光になった竹刀が大きく開いた藤之助の胴を薙《な》いだ。

「栄次郎が先手を取った」

と見物のだれもが感じた時、天から微風が吹き下ろしてきて栄次郎の竹刀を静かに抑えた。

剛でもなく強でもなく、そよりとした微風だった。それが栄次郎の竹刀の動きを封じて、藤之助が、

ふわり

と飛び下がった。

驚くべき変化であり、迅速《じんそく》だった。だが、その変化も迅速もゆるゆると行われたように感じられた。

栄次郎の闘争心に火が付いた。

攻めに攻めた。藤之助を間合いの中に留めて、栄次郎は北辰一刀流の技前《わざまえ》をすべて惜しげもなく繰り出した。だが、藤之助を仕留めることも動きを封じることも出来なかった。

四半刻《しはんとき》余りの攻勢を続けた後、栄次郎は、

「ぽーん」

と自ら飛び下がり、

「独り相撲、打ち疲れにて完敗にござる」

と竹刀を下ろし、潔《いさぎよ》く負けを認めた。

藤之助も竹刀を引いた。

玄武館にいた門弟たちは呆然自失《ぼうぜんじしつ》として軽業栄次郎が自ら負けを認める姿を見詰めた。

「藤之助どの、いよいよ自在の剣を身に付けられましたな」

北辰一刀流の天才剣士栄次郎が屈託なく笑った。

「あれ以上攻められると化けの皮が剝《は》げましたよ」

とこちらも笑って答えた藤之助が、

「栄次郎どの、いささか剣風が荒《すさ》んだのではないかと危惧《きぐ》しております」

「荒んだとはなにを危ぶんでおられるか。は、はあん、長崎から聞こえてくるそなたの噂はどれもが破天荒なものばかりであったが、そのことを気にしておられるか」

「噂は噂にしか過ぎますまい」

「いや、それがし、そなたの相手をして異人相手の実戦を重ねられたのは真《まこと》であったと得心した。そなたが案じられるのはそのことじゃな」

藤之助が頷く。

「われらの周りには暗雲が漂い、いつ戦いが勃発しても不思議ではないご時世だ。もはや幕藩体制は非常下にあると申してよかろう。そのような折、当然ながら、道場での稽古で事が済むわけがない。いずれわれらも剣槍を、銃火を交える戦場に立つときがこよう。座光寺藤之助どのは、いち早くその場を経験されたな」

と栄次郎が藤之助に語りかけた。そこへ栄次郎の弟で道場主の道三郎が加わった。

「そうは言っても座光寺藤之助どのの剣が荒れておるとは栄次郎には思えぬのだ。のう、道三郎」

「兄者、もはやただ今の座光寺どのの攻めを止められる剣術家は江戸におるまい。どのような体勢からでも攻めが繰り出され、どのような構えであろうと防御がなされる。これは実戦を積んだ者でなければ身につかぬ勝負勘といえようか。藤之助どのと比べると、それがしの剣術など畳水練《たたみすいれん》よ、児戯《じぎ》に等しいわ」

と慨嘆した道三郎が、

「やはり異人とも戦われたか」

と聞いた。

「はい」

「奴らの剣はどのようなものか」

「唐人の剣風と南蛮人、紅毛人の剣術はまるで違います。唐人の剣は一言で申すなら、和人のそれを圧倒的に凌《しの》ぐ力技でしょうか。紅毛人の剣術は緻密《ちみつ》巧妙な剣さばきにございましょう。どのような体勢からでも剣がしなりながら伸びてきます」

「われらの剣では太刀打ちできませぬか」

と道三郎が案じた。

「いえ、案じられることはございますまい」

「十分に通じるか」

と栄次郎が安堵《あんど》したように応じた。

「通じます。ただわれらの剣術は、ただ今の日本国同様にわれらだけで通じる考えや決まりの中で成り立っております。防具を着けて面、胴、小手と行儀よく技を決める剣術です。ですが、押し並《な》べて異人の剣はきれいに決まる一本より、いかに相手の動きを止めるかということに重きをおき、変幻自在に攻めてきます。その折、その多彩な攻めに惑わされると後れを取ることになる」

ふうっ
と兄弟から溜息《ためいき》が洩《も》れた。

「藤之助どの、そなたは唐人、異人相手に戦い、生き残られた。その秘訣はなにか」

「栄次郎どの、一つ答えられるとしたら剣術の常識を捨てたということでしょうか」

「最前、そなたはわれらの剣技は異人に通じると申されたではないか」

「はい、いかにも申しました」

「じゃが、剣術の常識を捨てよと申される。われらが長年かけて培《つちか》った技を捨てよと申されるか」

「いえ、われらが会得《えとく》した技は攻めの要《かなめ》にございます。ただし防御において相手が胴や面ばかりを狙ってくるであろうという考えは通じませぬ。また正眼、八双《はっそう》、上段、下段という構えなどお構いなしにどのような体勢からでも攻撃して参ります。そのためにこちらも柔軟な備えをしておらぬと思わぬ動きと構えから攻めを受けて、命を失うことになります」

兄弟がしばし沈黙した。

「一度見たいものよ、異人の剣を」

栄次郎が口を開き、藤之助が黙って頷いた。

「異国の軍隊は自走する巨大な軍艦に何十門もの大砲を積み込み、遠くまで火薬の力で砲弾を飛ばすことができるそうな。われらは海に浮かぶ砲艦から攻撃を受け、相手を見ずして敗れ去ることになる」

「列強とわれら、現状の力関係が続けばそうなりましょうな」

「剣はもはやなんの役にも立たぬか」

と栄次郎がまた嘆息した。

「いえ、それがし、そうは思ってはおりませぬ」

兄弟が藤之助を見た。

「確かに何里もかなたから飛来する砲弾は破壊力すさまじく刀で防ぐことはできませぬ」

「剣は白兵戦でしか力を発揮せぬでな」

「確かに剣は大砲や連発短銃に敵《かな》うものではございません。ですが、われらが幼い頃より学んできた剣は技の習得のみに非《あら》ず、恐れに耐える力や肚《はら》の据わり具合をも、知らず知らずに学ぶものと考えます。巨大な破壊力を持つ砲弾が飛び交う近代戦になればなるほど、歴戦の猛者《もさ》でも戦いの場から逃げ出したくなるほど恐怖心は大きくなると言います。そのとき、剣の修業で得た恐怖への克己心が大事になろうかと存じます。それがしがわずかな経験で得た感想にございます」

「そなた、信濃一傳流が異国往来でも役に立ったと申されるか」

栄次郎が藤之助を正視しながら問うた。栄次郎はどこからか、藤之助の噂を聞き込んでいた。

藤之助はただ素直に問いを受け止め、首肯《しゅこう》した。

「われらが北辰一刀流もまた役に立つな」

「戦いに際してよりもこの国をどう守り、どう導くか。われらがそのような状況に直面したとき、北辰一刀流玄武館で鍛えられた胆力や瞬発力は必ずや生きて参ります」

よし、と栄次郎が自らを鼓舞するように言い、

「そなたと会うてよかった」

と言った。

藤之助は翌日も講武所の剣道場のあとも玄武館へ立ち寄り、ひたすら稽古を積んだ。道三郎や栄次郎と話したことで、自らも剣術修業の大事さを改めて悟らされていた。

この日も栄次郎と稽古をした。稽古を終えたとき、藤之助は栄次郎に話しかけた。

「栄次郎どの、それがしと旅を致しませぬか」

「いきなりですな」

と栄次郎が笑い、

「参りましょう」

と行き先も聞かず誘いに乗った。

「ならば明朝七つ、講武所軍艦操練所船着場にお出《い》で下され」

ふーむ
という表情で栄次郎が藤之助を見返した。藤之助はただ笑みを浮かべた顔で頷き返した。

「承知した。それがし、一人で参る」

「お待ちしております」

と藤之助はただ言った。


翌朝七つ、江戸湾に微光が走った。

ヘダ号が抜錨《ばつびょう》して静かに帆が風を孕《はら》んだ。

操舵場で主船頭の滝口治平が指示を出し、舳《へ》先《さき》を江戸湾口へと向けた。

甲板員頭の百次の下に五人のヘダ号に習熟した手下がいて、その下に古舘光忠、田神助太郎、内村猪ノ助、そして、講武所軍艦操練所生の佐々木万之助《ささきまんのすけ》ら、直参《じきさん》旗本、御家人の子弟九人が加わっていた。

だが、抜錨作業から拡帆作業を機敏にこなせるのは百次ら六人だけだ。それらを光忠らが必死な表情で見詰めて手伝おうとしたが、百次らの足手纏《まと》いでしかなかった。それでも必死に作業を学ぼうとしていた。

ヘダ号は前後檣《ぜんこうしょう》、弥帆柱《やほばしら》にそれぞれ一枚ずつの帆を膨《ふく》らませ、折から新たに昇りくる日輪に向かって突き進んでいった。

一旦甲板から百次らの姿が消えて無人になった。

高櫓《たかやぐら》から喇叭《らっぱ》が奏された。

喇叭手は砲術方の宗田与助だ。

ヘダ号に新たな緊張が走り、甲板に急ぎ集まったのは操舵場の三人と船大工の弁造、炊き方の文吉、藤之助、栄次郎を除いた百次ら十八人だ。

その全員が筒袖《つつそで》の洋装制服を着用させられて、銃剣付きのシャープス騎兵銃を携帯していた。その銃剣が不気味にもがちゃがちゃと音を立てた。

藤之助と滝口冶平とが話し合い、狭い船上で動き回るために袖や裾《すそ》がひらひらと邪

魔な小袖、袴《はかま》を止めて航海中は洋装に統一することにしたのだ。のちに官軍の兵が着用した、

「だんぶくろ」

の前身となる兵装だった。

その格好で昨夕から乗り組んでいた古舘光忠や軍艦操練所生らは整列をなんとかし終えた。百次らに船上で機敏に動くために基本動作が教え込まれていたからだ。

再び喇叭が鳴り響いた。

高櫓下の扉が開き、やはり洋装制服の腰に大小を差した座光寺藤之助が千葉栄次郎を伴い、姿を見せた。

ヘダ号の乗客の千葉栄次郎だけはぶっさき羽織に裁《た》っ着《つ》け袴姿だった。

「相談役、ヘダ号航海実戦訓練、滝口治平以下総員二十三名異状ありません」

と主船頭の治平が高櫓の操舵場から藤之助に呼びかけた。

「ご苦労でした、滝口主船頭」

と航海のための仕度に寝る間も惜しんで準備に奔走した滝口治平を労《ねぎら》う言葉をかけた藤之助は、十八名に向き合った。

「講武所軍艦操練所所属ヘダ号の実戦航海に入る。それがし、このヘダ号の相談役座

光寺藤之助である」

傍《かたわ》らの栄次郎が藤之助を見た。

「そなたらの手に銃剣付きのシャープス騎兵銃がある。列強各国ではもはや一昔前の銃器じゃが、わが国ではこれでも十分最新鋭の鉄砲である。本日よりヘダ号での実戦航海訓練を十二日にわたり、決行する。この短い期間に操船、砲術、射撃、銃剣での格闘など訓練を行う。そなたらの中には、いきなりヘダ号の拡帆作業に加わり、戸惑いを感じた者もいよう。だが、座学で帆船の仕組みや操船方法を学ぶ余裕はわれらにはない。列強各国が虎視《こし》眈々《たんたん》とわが国を窺《うかが》い、開港を求め、交易を強制しておるのはそなたらも承知であろう。われわれは、この国土と領民を守るために進んで防人《さきもり》とならねばならない。長崎の海軍伝習所と講武所軍艦操練所の開設もそのためだ。だが、いかにしても二つの機関で学ぶ人数は限られる。そこでヘダ号では側面から二つの養成機関の手助けを行う。ヘダ号は見てのとおり洋式帆船である。じゃが、自走式蒸気砲艦の操船もその基本は帆船操作にあると聞く。ゆえにわれらは実戦形式で行う」

はっ、と全員が畏まった。

「すべてが実戦同様ゆえ、気を抜けば怪我もする、時に命をも失う」

ざわざわ、と不安の声がもれ、中には、

（いきなり脅《おど》かすとはどういうことか）

という顔をする者もいた。

「それがし、わずか一年半前、幕府御用船江戸丸で長崎に赴任致した。その折、伝習所入所候補生酒井栄五郎《さかいえいごろう》、一柳聖次郎《ひとつやなぎせいじろう》など諸氏十三人と同乗した。だれもが江戸湾の外どころか内海すら知らない面々であった。いきなり嵐が襲ったのは相模灘辺りからだ、その嵐の最中、藤掛漢次郎どのが荒れた海に落水して行方《ゆくえ》を絶たれた。高櫓にいる滝口治平主船頭らが必死の操船でその行方を捜したが、荒れる大海原で一人の人間を捜しあてることは叶《かな》わなかった。十三人が十二人になって長崎に到着した。さらにその後、射撃訓練中に銃が破裂し片手を失った能勢隈之助《のせくまのすけ》どのが伝習所から退所を余儀なくされた。それがわずか一年半前の出来事だ。今、われらの前にはその時より切迫した状況がある。すべて実戦訓練で行う理由である。相分《あいわ》かったか」

「はっ」

と畏まった。

「そなたらは訓練中、ヘダ号陸戦隊を命ず」

「はっ」

「そなたらの命、それがしと主船頭の滝口治平が預かった。命に反するなれば亡骸《なきがら》で軍艦操練所の船着場に戻ることになる。相分かったか」

「はっ」

と即席の陸戦隊員が応じた。

よし、と頷いた藤之助は、冶平の下で訓練を積んできた百次ら六人を二列横隊の前に出した。

「射撃訓練に入る、手本を見せよ。よいか、此度《こたび》は急ぐ要はいらぬ。的確に銃を操作して射撃までの過程を皆に見せよ」

はっ、と百次が畏まり、

「この鉄砲は弾丸口径十三ミリ、およそ四分と思え。この銃弾を紙巻火薬の爆発力で七丁先まで飛ばす性能を持っておる」

百次は丁寧に何度も銃の操作を繰り返し、見せた。そうしておいて、他の五人に改めて実弾を装塡《そうてん》させた。

藤之助が舳先を振り見た。

炊き方の文吉がいつの間にか舳先にいて、栓《せん》がされた貧乏徳利《どっくり》を甲板の全員に高く掲げて見せた。

「文吉、投げ落せ」

藤之助の命で文吉が次々に三つの貧乏徳利を海へ投げ込んだ。

百次らがシャープス騎兵銃を構えて波間にぷかりぷかりと浮く貧乏徳利に狙いをつけた。

徳利がヘダ号の船べりから半丁の波間に通り過ぎようとしたとき、

「射撃！」

藤之助が命を下した。

六挺《ちょう》のシャープス騎兵銃が一斉に火を噴いた。その一挺が見事に命中して貧乏徳利が一つ姿を消した。だが、二つの徳利はぷかりぷかりと浮いてヘダ号から遠ざかろうとしていた。

「相談役、もうしわけございません」

と百次が射撃失敗を詫《わ》びた。

藤之助の右手が腰帯に吊《つ》るしたホイットニービル・ウォーカー四十四口径リボルバーを抜くと真っ直ぐに腕を伸ばし、波間に消えていこうとする貧乏徳利を狙い、引き金を絞った。

貧乏徳利が波の上に弾け飛んで、二つとも割れるのが見えた。

三

銃剣付きシャープス騎兵銃を構えた古舘光忠が眦《まなじり》を決し、必死の形相で藤之助へ攻めかかった。

その攻めを藤之助は丁寧に、だがいとも簡単に外し、払い、切っ先を流した。そのたびに銃剣と銃剣がぶつかり、

がちゃがちゃ

と不気味な音を立てた。

光忠はライスケン号や下田湊で列強の陸戦隊の面々の、銃剣付きの鉄砲の扱いを見ていた。そこで藤之助は相手に指名したのだ。だが、見たとはいえ、わずかな時間、下田湊など海戦の最中に望遠したに過ぎなかった。それでもその扱いを承知した人間だった。

藤之助を取り巻く厳しい状況では木銃での稽古から訓練に入る余裕などなかった。

列強各国が砲艦外交で和親条約を迫り、開港を求め、通商条約交渉を強《し》いている最中だ。列強の強大な軍事力に追いつかねば、清国が被《こうむ》ったと同じようにこの地が他国

の軍隊に蹂躙《じゅうりん》されることになる。

　そのことが藤之助の想いを駆り立てていた。

　相手に指名された光忠も藤之助との短い道中で体験した列強の脅威を知り、命を捨てんばかりの覚悟でひたすら攻めていた。

「光忠、腰が引けておる。それでは銃剣に力が伝わらぬ。そなたが参らねばこちらから仕掛ける」

「はっ」

光忠は最後の力を振り絞り、腰に当てた銃床と銃身を持つ両手をきつく保持すると踏み込みざまに藤之助の腹部を鋭くも突いた。

　光忠の必死さが銃剣に伝わった必殺の技だった。

　その攻めを藤之助が自らの銃剣で受けて捻《ひね》ると光忠の手からシャープス騎兵銃が飛ばされヘダ号の甲板に転がり落ちて、がらがらと音を立てた。さらに藤之助の銃剣の切っ先が棒立ちになった光忠の喉元に皮一枚の差で、
　ぴたり
　と止められ、悲鳴を上げた光忠の体が甲板に尻から崩れ落ちた。

「光忠、最後の攻めは厳しいものであった。あの踏み込みと突きを忘れるでない」

必死の形相で甲板からよろめきたった光忠が、

「お言葉肝に銘じます」

と畏まった。

藤之助の目が二列横隊で二人の実戦訓練を見詰める面々に向けられた。

「百次、そなたらも銃剣での戦い、承知しておるな」

「はっ。されど、見ただけで身に付いておるわけではございません」

「それがしが異国兵の役を務める。百次、そなたら、六人でそれがしに攻めかかれ。手を抜くことは許さぬ。怪我をさせ、自らも怪我をすることなど戦いになれば当たり前のことだ」

「畏まりました」

と筒袖の兵装に身を包んだヘダ号甲板員らが半円に藤之助を囲んだ。

「始め！」

の藤之助の号令とともに百次が身を捨てて藤之助の銃剣に迫り、残りの仲間らがその左右から一気に半円を絞りこんで銃剣を一斉《いっせい》に突き出した。

藤之助が幾多の修羅場を潜り抜けてきたことを知る面々ゆえに、手心などない。自らの身を捨てた攻撃だった。

「おう」

と受けた藤之助の銃剣が、
きらりきらり
と光を受けて煌《きら》めき、それが突き出された百次の銃剣を確実に受けて捻り上げると右に躍り、左に展開して次々に甲板員たちの銃剣付きシャープス騎兵銃を床に落とした。

一瞬の早業だが藤之助の銃剣は確かな動きを見せて、見る人々の網膜に焼き付けられた。

「連発銃や大砲の時代が到来しても、最後は陸戦隊が敵を自艦に迎え撃ち、また敵地に上陸しての、かような銃剣での白兵戦になる。そなたらが日頃、剣術の稽古を通して練り上げた肝っ玉、技、動き、間合いは必ずや生きてくる。自信を持て、分かったか」

「はっ」

と即席の陸戦隊が怒号するように返事した。

「古舘光忠とただ今それがしに攻めかかった百次ら六人に組長を命ずる。よいな、それがしを含めて組長は横一列に並び、新米兵の攻めを受ける役を命ずる。最初は銃剣での攻防の基本のかたちをそれがしがゆっくりと見せる。とくと記憶し、そして体に覚えさせよ。二度は繰り返さぬ」

藤之助の前に内村猪ノ助が立っていた。

「お願い申す」

ゆっくりと踏み込んで銃剣付きの鉄砲を振るう猪ノ助の動きに合わせて防御技を、そして、その反撃技を全員に見せた。

「呑み込めたか」

「はっ」

「ならばゆっくりでよい。組長相手に覚えた攻め技と防御技を繰り返してみよ」

と命じて、ヘダ号の甲板が銃剣場と化した。

藤之助は千葉栄次郎が銃剣での攻めと守りのかたちを空手でなぞり、体に覚え込ませるのを視界の端に捉《とら》えていた。

昼前、銃剣での訓練が終わった。

すでにヘダ号は浦賀《うらが》水道を過ぎて外海へと出ようとしていた。

「よし、昼前の稽古を終わる。なんぞ聞きたいことがあるか」

だれもが口を利《き》く力を残していないようでただ肩を上下させて、
はあはあ

と荒く息を弾ませていた。

「座光寺どの」

と栄次郎が呼んだ。

「それがしにも銃剣の稽古を付けてくれませぬか、お願い申す」

「承知致しました」

と答えた藤之助は光忠に栄次郎に銃剣を渡すように命じた。

襷がけした栄次郎は銃剣付きのシャープス騎兵銃を両手で持ち、重さや均衡を確かめ、銃と剣とを合体させた洋式武器を丹念に調べていたが、

「重いものですね」

と感想を述べた。

「栄次郎どの、歩兵銃は銃身がさらに一尺近く長く、ためにその重さも加わります。これは騎兵銃と申して異国では騎馬兵が馬上で使いこなすものなので、銃身を短くしてあります。ヘダ号はかように限られた船上で長尺の得物を振り回すわけにはいきません、そこで騎兵銃を採用したものでしょう」

むろんこの騎兵銃を採用したのは異国の武器事情を承知の陣内嘉右衛門だ。

「それでも銃の総長は三尺余、重さも一貫二百匁《もんめ》はございましょうな。異人は体が大

きく、腕力がございますゆえ、この銃剣付きの鉄砲をどのような戦いの場でも軽々と扱います」

藤之助の説明に頷いた栄次郎は、最前藤之助が見せた銃剣術の基本の構えを何度もなぞって体に覚え込ませた。

「栄次郎どの、そなたなれば早《はや》五体に覚えさせられたことにございましょう。立ち合うてみますか」

「願おう」

甲板に新たな緊張が走った。

ヘダ号即席陸戦隊の面々は両舷《りょうげん》の縁に下がり、藤之助と栄次郎の対決に目を凝《こ》らした。

「えええいっ！」

栄次郎が裂帛《れっぱく》の気合いを発すると、腰を低くして藤之助の腹部目掛けて銃剣を突き上げてきた。さすがにヘダ号の即席陸戦隊と異なり、腰が据わった鋭い突きだった。

藤之助は最前と違い、自らも踏み込んで受けた。

さすがに北辰一刀流玄武館千葉道場で、

「軽業栄次郎」

と天才ぶりを謳《うた》われる兵《つわもの》だ。

力と力がぶつかり、藤之助の手に重い圧力が伝わってきた。

突きを受け止められて受け流された銃剣を素早く反転させた栄次郎は、銃器の重さをのせて藤之助の脇腹を殴り付けた。

藤之助は銃床で受け止めると反撃に出た。

栄次郎も必死の防御を試みた。だが、銃剣付きのライフルの扱いには藤之助に一日《いちじつ》の長があった。

段々と栄次郎は船縁《ふなべり》へと追い詰められていった。

一歩藤之助が間合いをとって下がった。そして、銃剣を構えて最後の刺突《しとつ》の構えをとった。

ヘダ号上の全員が固唾《かたず》を呑んだ。

帆船は右に剣崎《けんざき》、左に洲崎《すのさき》を見ながら大海原へと突き進んでいた。そのせいで船が大きく前後左右に揺れ始めていた。

「参る」

藤之助が踏み込みつつ、銃剣を突き出した。

さすがの栄次郎も形相が変わっていた。銃剣で藤之助の攻めを受けたが押し込まれた。

次の瞬間、栄次郎が船縁を右足で蹴ると虚空に身を躍らせて、甲板の中央に着地していた。

くるり
と藤之助が栄次郎へと振り向いた。

あっ
と栄次郎が驚きの声を発した。

藤之助の両手に一挺ずつ銃剣付きのシャープス騎兵銃があったからだ。

はっはっはあ
と栄次郎の高笑いが船上に響いた。

「座光寺先生に掛かれば千葉栄次郎など赤子扱いかな」

「いえ、栄次郎どの、初めて銃剣付き騎兵銃を手にした者がこれほど戦われるとは、異人も驚きましょうぞ」

「それは栄次郎をがっかりさせないための世辞であろうが嬉《うれ》しいかぎり」

「栄次郎どの、それがし、世辞など申せませぬ。北辰一刀流を会得された栄次郎どののゆえ銃剣術をすばやく呑み込まれたのです」

高櫓の鐘が、
からんからん
と船大工弁造の手で鳴らされて、

「昼餉《ひるげ》にございますぞ」

と知らされた。

百次らが銃剣を武器庫に仕舞うために甲板から姿を消した。

藤之助と栄次郎の頭上で帆がばたばたと鳴った。

風向きが微妙に変わったか。

「藤之助どの、それがし、此度の招きをどれほど感謝しておるか」

「栄次郎どの、われらの間に言い訳や礼の言葉など要りませぬ」

「正直申せばそれがし、異国とどう向き合えばよいか思案に暮れておったところにござった。もはや剣道場で竹刀や木刀を振り回しているだけで、事が済むとは思うておらぬ。幕藩体制を護持するためにわれらが学ぶ剣をいかに役立てるか、あるいは大砲を前に無用の長物なのか、それがわからず迷うておった。座光寺藤之助どのは、それがしの異国への水先案内人に等しい。そなたと知り合うてほんとうによかった」

と繰り返した。

「栄次郎どの、ヘダ号で学べることなど列強の軍事や科学や交易などのほんの一端、わずかに過ぎませぬ。だが、鎖国策で失われた二百数十年を取り戻すためにはここより始めるしかない、異国の真の力を知ることでわれらが進むべき道もおのずと開けてきましょう。座光寺藤之助は、残念ながら異国への水先案内人たりえぬ、栄次郎どのと同じく迷いの最中にございます。ともにわずかな明かりを頼りに進みましょうか」

「お願い申す」

と栄次郎が藤之助の手を固く握り締めたとき、百次らが炊き方の手伝いに変じて、甲板に握り飯を運んできた。

高櫓から主船頭の滝口冶平が下りてきて、操舵場には副船頭にして操舵方の東三郎と砲術方の与助が残った。

「船上は揺れますゆえ汁ものを出せませんでな、我慢して下され」

と冶平主船頭が一同に詫びた。

「夕刻にはどこその湊《みなと》に入られますか」

と栄次郎が聞いた。

「伊豆大島の波浮《はぶ》湊に入る予定にございますよ」

と初めて主船頭が行き先を一同に知らせた。

「さて頂こうか。昼からももうひと訓練あるでな」

と藤之助が誘いかけたが軍艦操練所生の中には青い顔をして食欲などない者も見かけられた。

「船酔いは慣れるしか手はない。気分が悪くなれば吐くのもよし、じゃが他人の介抱を期待してはならぬ。この船上にあるかぎり、われらは客などでは決してない。どのような体調であれ、訓練には参加してもらう」

藤之助の厳しい言葉に全員が頷いた。

「相談役、初めて船に乗られたとき、船酔いなされましたか」

と軍艦操練所生の一人が聞いた。

船酔いに悩まされている氏家寅太《うじいえとらた》だ。未だ年齢は十七、八か、出は本所割下水《ほんじょわりげすい》の御家人の子弟だった。

「運がよいことに船酔いを体験することなく長崎まで参った。その折の船頭どのがへダ号の主船頭の滝口治平どのよ」

と藤之助が握り飯を黙々と食する滝口を見た。

「座光寺藤之助様は、私が知る人間の中でも海の上で動じない別格のお方にございますよ。最前、相談役自身が話されたように江戸丸で駿河湾に入ったとき、嵐が襲ってまいりましてな、和船の江戸丸は木の葉のように揉《も》まれた。その折、長崎海軍伝習所の入所候補生十三人も乗っておられたが、全員が船酔いで苦しんでおられました。しかし相談役だけは平然としたもの、長崎までの航海の間、きちんと三度三度の飯を食されましたな」

「相談役を基準にしてはならぬということですか、主船頭」

とこちらも軍艦操練所生の佐々木万之助が聞いた。その手には握り飯があったが、食べた跡はなかった。

「まあ、そうともいえよう。じゃが、どのような難儀が襲いかかったときでも頼りになるのが座光寺様ということよ、忘れるでない」

「はい」

と返事をした佐々木が一口握り飯にかぶりついた。

「相談役、昼からはどのような訓練を致しますので」

と万之助の仲間の増島一太郎《ますじまいちたろう》が聞いた。増島は旗本小普請《こぶしん》の次男坊だった。

「砲撃訓練を行う。じゃが、こちらの指導教授方は操舵場におられる宗田与助どのじゃ。与助どのは滝口冶平どのの配下としていろいろな経験を積んでこられ、砲術家の高島秋帆どのに教えを受けられた方だ。銃剣術、射撃術と異なり、全員の協力なくば砲弾は飛ばぬし、あたらぬ。心してかかれよ」

「はっ」

と軍艦操練所生が畏まった。

手早く握り飯を食し終えた滝口治平が高櫓に戻り、操舵を内藤東三郎と交替した。

東三郎と与助が甲板に下りてきて、操舵場が治平一人になったのを見た藤之助が、

「光忠、助太郎、主船頭から操舵を見習え」

と命じて高櫓に上がらせた。

「相談役」

と船大工の弁造が藤之助のもとに姿を見せた。

「三挺鉄砲の台座を造りました、点検をお願い申します」

「出帆《しゅっぱん》を控えた最中にご苦労であった」

藤之助が舳先に行くと前回の乗船時にはなかった高さ一間ほどの四角い箱が設置されていた。そして、屋根部分や箱の四方には波や雨を避けるためにか、防水用の銅板が張られてあった。

「三挺鉄砲はこの箱の中に格納してあるのか」

「はい。即座に攻撃ができるように固定してございます」

「見てみよう」

藤之助の傍《かたわ》らに栄次郎らが集まってきた。

船大工が後ろの壁についた取手を操作すると箱の屋根が左右に開き、台座に固定された三挺鉄砲が姿を見せた。

「これはまた変わった鉄砲にござるな、やはり異国の飛び道具にござるか」

と栄次郎が藤之助に聞いた。

「いえ、長崎の時計師御幡儀右衛門《おはたぎえもん》が異国の鉄砲に工夫を加えた三挺鉄砲にございましてな、時計師の緻密《ちみつ》な技術が生かされたこの三挺改良鉄砲は、十分に実戦で使えます」

「藤之助どの、是非《ぜひ》見てみとうござる」

栄次郎の注文に頷き返した藤之助は、弁造が工夫した三挺鉄砲の台座に後ろ扉を開いて乗った。

四

四方を腰の高さの壁に囲まれた台座は狭いながらいろいろと工夫が凝らされてい

て、撃ち手が荒波の中でも足を踏ん張れるように踏み板まで設置されてあった。さらに壁の内側に一インチ弾を五十発装填する大型輪胴《シリンダー》の、予備弾装の収納場所もあった。

藤之助はすでに一インチ弾が装填してある大型輪胴を三挺改良鉄砲に装着すると銃身を上下左右に振ってみた。

長崎の高島沖で上方の薬種問屋、畔魂堂《はんこんどう》の船を沈めたときよりはるかに滑らかに動く工夫がされていた。銃座の下に回転板を一枚入れたせいで射角が大幅に広くなっていた。

「弁造、これはよい」

と船大工の工夫を褒《ほ》めた藤之助は、高櫓を振り返った。

操舵場では主船頭の治平が南蛮渡りの遠眼鏡《とおめがね》で四方に船がいないことを確かめていたが藤之助に合図を送ってきた。

藤之助は大きく頷き返すと二枚の主帆、一枚の補助帆が満帆に風を孕んでいるのを見て、風向きを確かめた。

かなりの船足でヘダ号は南西に突き進んでいた。

藤之助は行く手の右手に大島の島影がうっすらと浮かんでいるのを認めた。ヘダ号は大島沖合い二十数里の海上にいた。

「相談役、坤《ひつじさる》の方角、六丁先に岩礁《がんしょう》発見！」

と操舵場の治平が風に抗して伝えてきた。

藤之助は片手を上げて応えると肩を三挺改良鉄砲の銃床にぴたりと付けた。

儀右衛門が創意工夫した三挺の銃身を回転させて連続射撃を可能にした鉄砲は、ぴたりと藤之助の身に馴染《なじ》んで吸いついた。引き金に指をかけ、銃座を動かす取手に手をかけた。

照門、照星、岩礁を一直線に結んだ。だが、波のうねりに三点は直《す》ぐに外れて狙いが定まらなかった。さらにヘダ号が揺れると岩礁が波間に姿を消した。だが、次の瞬間、
ふわり
と浮いてきた。

自然界がもたらす変化の律動との間合いを藤之助は五感に覚え込ませると次の機会を狙った。

ヘダ号の船体がほぼ水平に戻った。そして、狙いが定まった。

一瞬の機を捉えて指を絞り上げた。

タンタンターン
と最初の一連射が三挺の回転する銃身から糸を引くように伸びていって岩礁にあたり、岩を砕いて虚空に散らすのが見えた。

「なんと」

栄次郎が短くも洩らした。

ヘダ号は岩礁の横手に回り込み、通り過ぎようとしていた。

藤之助が二連射目を岩礁に向かって撃ち出すと岩礁の真ん中に集弾してその頂きが砕け散り、岩礁は波の下に姿を没した。

藤之助が射撃姿勢から立ち上がると、上甲板の操練所生らを振り返った。すると全員が両手で耳を押えて呆然自失の体だった。

「肥前長崎にはかような鉄砲を造る時計師がおりますか」

「長崎は鎖国下でも異国の最新技術に接してきましたでな、刺激を受けてかような武器を造る職人がおります。じゃが、これはあくまで試作銃器でしてな、異国のように同じ大砲や鉄砲を何百門、何千挺と造る力はございません」

「やはり彼我《ひが》の差は大きいか」

「異国の背すら見えないのが実情にございましょうな」

と栄次郎に答えた藤之助はヘダ号即席陸戦隊の面々を見た。

「感心ばかりしていても何の役にも立たぬ。そなたら自身が三挺鉄砲の扱いを覚え、大砲の操作をわがものにせぬと異国に抗して生きてはいけぬ。砲甲板に下りよ、砲撃訓練に移るぞ」

藤之助が三挺鉄砲の台座から下りると弁造が波をかぶった銃身を布切れで拭《ふ》き始めた。

「弁造、すまぬが手入れを頼む。われらも砲甲板に下りる」

「承知しました」

藤之助ら一行は上甲板から一層下の砲甲板に下り、高櫓に上がっていた光忠や助太郎を呼び戻した。

即席陸戦隊の面々が砲甲板の闇でうろうろしていた。

「与助、準備をしてくれ」

暗がりの中に藤之助の命が飛んだ。

「はっ」

という返答が響いて砲術方の宗田与助と百次らが砲甲板の壁に固定されている船行灯に種火を移した。

ふわっ
と明るくなり、砲甲板が全員の前に広がり、左右両舷に三門ずつの四十ポンド・アームストロング砲が鎮座しているのが一行の目に映じた。

今日一日で一番大きなどよめきが起こった。

与助らは砲門を開くと砲身およそ九尺余の大砲の砲架に走った。従うは百次ら三名の水夫らだ。

砲撃の衝撃で砲架自体が後退するがそれが船縁に太索《ふとづな》で結ばれ、一定以上は後退しないようにしてあった。

「大砲はわが国の大筒《おおづつ》とは全く異なる武器と思え。この四十ポンド砲は英吉利国の兵器工廠《こうしょう》で今から数年前に開発されたものである」

と高島秋帆や英吉利東インド会社所属の士官から砲撃を習った与助が、初めて砲撃を体験するヘダ号即席陸戦隊隊員にアームストロング砲の各部分と仕組みの説明を始めた。

藤之助はその背後にぽつんと離れて千葉栄次郎が佇《たたず》んでいるのに目を止めて、

「上甲板に戻りますか」

と聞いてみた。

「立ち会わなくてよろしいので」

「異国の砲艦の規律は厳然としており、操船を担当する部署、砲撃をする部署と持ち場がはっきりと区別されております。ヘダ号では乗り組んだ全員がまず艦の操船と仕組みを知るためになんでも経験せねばなりません。ですが、馴《な》れてくると操船方、武器操作方、手入れ方、船の整備方、戦いで怪我をした乗組員を治療する医事方、食事を賄《まかな》う炊き方などそれぞれの部署に分かれて、その仕事に専念します。

砲艦全体を指揮監督するのが船長、つまりは主船頭であり、さらに何隻もの砲艦の連携を指揮するのが艦隊司令官です。さらに英吉利や亜米利加《アメリカ》海軍支配下にはこの艦隊がいくつもあるそうで、お国に所在する艦隊司令部が何百何千里も離れて活動する各艦隊を統轄《とうかつ》、指令を発するのです」

ふうっ

と栄次郎が溜息を吐《つ》いた。

「上甲板に上がりましょう」

藤之助は栄次郎を伴い、再び上甲板に戻ると高櫓に栄次郎を案内した。

操舵場には今は主船頭滝口治平と副船頭内藤東三郎の二人しかいなかった。

「これだけ大きな船をたった二人で操船しておられるか」

「大船も小舟も動いておるときはそう人の手は要《い》らぬものです。厄介《やっかい》なのは停泊する折と離岸するとき、さらには荒天での航海ですね」

栄次郎の問いに滝口治平が丁寧に答えた。

何度か自らに飲み込ませるように顎《あご》を上下させた栄次郎が、

「それがしの生き方、考え方が一日にして覆《くつがえ》ってござる」

と正直な気持ちを吐露した。

「千葉様のお気持ちがよう分かります。われらもそのような思いを何十何百と経験してきましたからな。その結果、一つひとつを地道に学んでいくしか方策はないと悟りました。とは申せ、未だ日々戸惑うことばかりです」

「なにっ、主船頭すら未だ異国の事物に馴れぬか」

「正直馴れたとは申せますまい」

と治平が藤之助を見た。

「千葉様、すでにご理解しておられましょうが、座光寺藤之助様の咀嚼力《そしゃくりょく》は別格です。このお方はどのような境遇も即座に受け入れ、自然体で馴染んでいかれます。この滝口治平、幕府御用船にたくさんの幕臣を乗せ、異人にも接してきましたが、かようなご仁は初めてにございます」

「それがし、座光寺どのと知り合うたは幸運か不運か」

「それでございますよ、千葉様。ものは考えよう、艱難辛苦《かんなんしんく》に目を瞑《つぶ》り背を向けて生きられないこともない。ですが、家族のことや幕府のことを顧《かえり》みず、いや、後ろ向きに目を瞑るばかりの臆病をそれがしは許せないのです。わが胸中に混乱が生じたとしても自ずから進むべき道はわれらの前に開かれており申す。なんとしてもその道を突き進むしかございますまい」

と自らに言い聞かせた治平主船頭が、

「なんとも千葉様に長広舌《ちょうこうぜつ》をふるいましたな、お許し下され」

と謝った。

「いや、分かっておるのだ。座光寺どのやそなたに出会うたことが千葉栄次郎にとって幸運であることをな、じゃが、いささか胸中が混乱しておる。しばし気持ちを整理する時間が要ろう」

「栄次郎どの、それがしがこの航海に栄次郎どのをお招きしたのは、そなたなれば見聞したことをちゃんと後々生かして下さると信じておるからです。十数日の航海の間、なにもせんでよい。われらがのたうちながら異国に抗して防人たらんとする覚悟をただ見守って下され」

と藤之助が願った。すると栄次郎が大きく頷いた。

砲甲板ではアームストロング砲の砲撃準備の段取りが実際に行われ始めたか、砲術方の与助の命や百次の号令が飛ぶ気配が高櫓の操舵場にも伝わってきた。

「相談役、船を波浮湊に向けてようございますか」

治平船頭が藤之助に聞いた。すでに日は西に大きく傾き、七つ（午後四時）を過ぎていると思われた。

「初めての外海航海で船酔いに倒れた者がでなかったのは奇跡にございますぞ。軍艦操練所では入所者を募る際、船酔いに弱し者入所を許さず、また入所後、船酔いに倒れし者即刻退所もやむなし、の一札を取ったそうにございますが、いくらかそれが役に立っておりますかな」

と治平が苦笑いした。

「それがしも最前から胸がむかむかとしておる。軍艦操練所には入れぬな」

と栄次郎が自嘲《じちょう》した。

「いえ、船酔いには大なり小なり全員がかかります。それを繰り返していくうちに慣れる者とどうしても体質的に受け付けぬ者に分かれます。何度か航海しても馴れぬ者は、軍艦暮らしはきびしいでしょうな」

「それがしは慣れようか」

「栄次郎どの、この訓練航海中、必ずや一度は荒天を経験することになりましょう。それをなんとか耐えしのぶことができれば、この大海原を越えて亜米利加国にもいけましょうな。もっとも大口を叩《たた》くそれがしとて波濤《はとう》万里を越えた経験はござらぬ。その点から申せばそれがしと栄次郎どのとは同じこと、未経験者にござる」

「座光寺どのは異国への水先案内人にはなれぬと申されたが、座光寺藤之助は異国を知る直参旗本という噂が江戸に流れており申す。それは真《まこと》にござるか」

栄次郎が真剣な表情で聞いた。

藤之助がしばし迷った。すると治平が、

「座光寺様、真のことをお話しなされ。われら、そのようなことを隠しておる猶予《ゆうよ》などどこにもありませんでな」

藤之助は老練な主船頭に頷くと最前より島影が大きくなった大島を見た。ヘダ号が転進して波浮湊への針路を取ったためだ。

「それがしが知る異国は清国上海と寧波にござる」

「上海は阿片《アヘン》戦争に負けた清国が列強に割譲した河都にござるそうな」

「その事情を短い間ながら見て参った。それがしが見聞したことを栄次郎どの、この航海中、つぶさにそなたに伝えよう。われら、もはや異国事情と関わりなく、また列強の艦隊を無視して生きることは叶わぬでな。幕臣として、一剣術家としてどう生きるべきかを考えるとき、異国事情を知る知らぬでは大いに違おう」

「いかにもさよう。それがし、この航海中、座光寺塾に入門致す」

「まあ、なんとも心強い門下生かな」

藤之助と栄次郎は顔を見合せて微笑《ほほえ》み合った。

砲甲板では未だ砲撃準備の訓練が繰り返されていた。

「実弾を発射するにはまだ日にちがかかりますかな」

栄次郎が藤之助に聞いた。

「この航海の間、ヘダ号陸戦隊がそれぞれ一度でも砲撃できるまでになれば、この実戦航海は成功と申せましょうな」

さらに四半刻、砲甲板での訓練は続き、
わあっ
という歓声とともに終了した気配があって上甲板に即席陸戦隊員が姿を見せた。その中には真っ青な顔をしたり、吐き気を堪《こら》えたりする隊員もいた。その者たちはばたばたと甲板に倒れ込んで寝た。

「大島波浮湊接近、縮帆準備！」

の声が副船頭の東三郎から発せられた。すると百次らがするすると前後の帆柱に登り、帆を下げる作業に入った。

即席陸戦隊に配属された古舘光忠、内村猪ノ助、田神助太郎らも百次らの作業に加わっていた。

光忠らと佐々木万之助ら軍艦操練所生との違いはライスケン号やクンチ号に乗船したかどうかの差だけだ。だが、わずかの経験の差がヘダ号での余裕を生んでいた。

百次の命に従い、敏捷に動く光忠らの姿を藤之助は見て言った。

「栄次郎どの、あの者たち三人はつい一月《ひとつき》ほど前までは伊那谷の暮らししか知らぬ者たちにございました。ですが、下田湊での異国船に接したことが三人を大きく変えて、自信をつけさせたのです」

「われらも見習わねばならぬ」

と栄次郎が言い切ったとき、ヘダ号は波浮湊に入湊《にゆうそう》していこうとして帆が下げられ、甲板上を夕日が照らすようになって視界が大きく開けた。

「千葉様、炊き方が伝馬で湊に行き、夕餉《ゆうげ》の食べ物を調達して参ります。上陸なされませぬか」

「気分の悪い者がおるようだが」

「軍艦操練所に入った以上、一刻も早く船の暮らしに慣れてもらわねば困ります。それがあの者たちの務めにございます。彼らは格別なことがないかぎり、船から下ろしませぬ」

と主船頭が言い切った。

「それで宜《よろ》しゅうございますな、相談役」

「主船頭の考えどおりに」

と藤之助が全幅の信頼をこめて治平に答えた。

「上陸するのはそれがし一人か」

「それがしが同道致しましょうか」

と藤之助が答えて栄次郎がほっと安堵《あんど》の表情を見せた。


伊豆七島の一つ、江戸湾の入口に位置する大島は水深九百尺から千二百尺にある活火山の陸地部分である。

大島は江戸時代初期、流人船の御用を務める島であったが、明和《めいわ》三年（一七六六）、流人の受け入れ、流人船の立ち寄りが免除されている。

さらに享和期、波浮湊が小糸川《こいとがわ》の船頭平六《へいろく》の手で開かれて、東廻《ひがしまわ》りの帆船が波浮湊で風待ちして江戸湾に入る航路が確立した。

ヘダ号が入津《にゅうしん》したのは平六が湊を開いてほぼ五十余年後のことであった。

伝馬舟が湊に着き、炊き方の文吉が、

「ちょいと時間をお貸し下され」

と藤之助と栄次郎に願って、波浮湊の船問屋に走っていった。

湊には江戸へ向かう風待ち船が何隻も入り、湊付近は賑《にぎ》わいを見せていた。湊には水夫《かこ》相手の女郎屋もあると見えて、すでに三味線の音と一緒に潮で鍛えた声が追分節を怒鳴るように歌っているのが聞こえてきた。

「二本足で歩けるというのはなんとも嬉しいかぎり」

と栄次郎が藤之助に笑いかけたとき、女郎屋の玄関から喚《わめ》き声がしたと思ったら、ばらばらと水夫ややくざ者らが飛び出してきて、長脇差《ながわきざし》やら短刀を構えあった。

酒の上での口論が喧嘩《けんか》へと発展したか。

水夫は三人、土地のやくざ者は五人だ。

人数と得物が揃《そろ》っている分、やくざ者の方に勢いがあった。

「叩き殺して黒潮に死骸を流してやらあ」

とやくざ者の兄貴分が長脇差を握った拳《こぶし》に唾《つば》を吐きかけた。

「やるか」

と水夫も身構えた。

だが、形勢は断然水夫側が不利だった。中の一人が湊に舫《もや》われた船の仲間を呼ぶためか振り返った。そこへやくざ者の一人が長脇差を構えて突っ込んでいった。

栄次郎が前帯に差していた扇を、
発止!

と投げると長脇差を構えて突進するやくざ者の目に当たって、立ち竦《すく》ませた。

「やりやがったな、どさんぴん!」

喧嘩相手を水夫らから栄次郎に代えて、やくざたちが突っ込んできた。

だが、北辰一刀流玄武館千葉道場の軽業栄次郎が相手では話にもならない。突っ込んできたやくざどもを素手で手玉にとり、頬《ほお》げたを張りとばして忽《たちま》ち五人を地面に転がした。

「仲間を呼んでこい」

と倒れた兄貴分が叫んだ。

「止《や》めておけ、このお方をどなたと思う。江戸はお玉ヶ池北辰一刀流玄武館道場の千葉栄次郎どのだ。そなたらが束になっても敵《かな》う相手ではないわ」

「なにっ」

と地面に転がった兄貴分の顔色が変わった。

「ついでに沖合に止まったヘダ号から鉄砲を持ち出そうか」

藤之助の言葉にこそこそとやくざ者が逃げ出し、水夫たちもぺこりと頭を下げて自分の船に戻っていった。

第四章　流人の島

一

波浮湊《はぶみなと》に停泊したヘダ号の甲板に赤々と明かりが点《とも》り、いくつもの七輪に炭が熾《おこ》され、その上に土鍋が置かれてぐつぐつと煮えていた。

炊き方の文吉《ぶんきち》が湊で手に入れたのは大きさが違う何匹もの金目鯛《きんめだい》と蛤《はまぐり》とあおりいかであった。そこで金目鯛と蛤は炊き合わせの野菜と浜鍋にすることにした。

暑い時期の鍋だが、大勢が食するにはこれ以上の料理もない。

あおりいかは造りにして酒の菜《さい》になった。

六つに分かれて車座になったヘダ号の二十五人はいかを菜に酒を飲みながら、浜鍋が出来上がるのを待った。

一日じゅう緊張の連続の実戦訓練だ。へとへとになって湊に入ったが、船の揺れが収まったせいで即席の陸戦隊の訓練生の船酔いはなおっていた。そのせいか全員がぐびりぐびりと酒を飲みながら、今日一日の出来事を語り合った。

文吉が丼《どんぶり》に盛られた大根漬《づ》けを運んできて、

「そろそろ浜鍋も食べごろにございますぞ」

と鍋ができたことを告げた。

「栄次郎《えいじろう》どの、器を貸してくだされ。注ぎ分けましょう」

藤之助《とうのすけ》が栄次郎の器を貰《もら》うと頃合に煮えた浜鍋を取り分けた。

「ヘダ号の相談役どのは鍋奉行も兼ねてござるか、恐縮至極に御座候《ございそうろう》」

と栄次郎が嬉《うれ》しそうに破顔して言った。

藤之助の鍋の周りには、栄次郎の他に主船頭の滝口治平《たきぐちじへい》、副船頭操舵方の内藤東三郎《ないとうとうざぶろう》、砲術方の宗田与助《そうだよすけ》がおり、計五人である、ヘダ号を操船する幹部と客分だ。

この五人の器によそった浜鍋がそれぞれの手元に戻され、

「折角の鍋奉行様のご給仕、ありがたく頂戴しましょうかな」

とヘダ号の最年長の治平が言うと金目鯛を食して、

「これはなかなかの味ですぞ」

と満足げに笑った。

「ならばそれがしも」

と栄次郎が続き、うんうん、と頷《うなず》いた。

浜鍋が加わり、また酒が一段と進んだ。

「与助どの、砲術訓練の進行具合はどうか」

藤之助が浜鍋を食しながら尋《たず》ねた。

此度《こたび》の実戦演習航海で習得が一番難しいのが船上からの大砲実射訓練だ。

「座光寺様、大半の者が大砲を間近に見るのが初めてにございます。本日はアームストロング砲に慣れるために全員に大砲に触れさせて、砲撃の手順を繰り返して見せました。じゃが、四十ポンドの砲弾を撃ち出す仕組みが分かったとは申せますまい、初めての者には当然のことです。明日は今日の体験を踏まえて座学にて大砲の弾を撃ち出す仕組みとアームストロング砲の操作を教えようと思うております。それで宜《よろ》しゅうございますか、相談役」

「砲術方教授はそなただ。そなたが考えたとおりになされよ」

「畏《かしこ》まりました」

藤之助の目が治平主船頭にいった。

「明日はどちらに向かいますか」

「大海原を経験させるために地廻《じまわ》り航法で大島から利島《としま》、新島《にいじま》、式根島《しきねじま》、神津島《こうづしま》と南下しようと考えております」

地廻りとは地方乗《じかた》りとも船頭の間で呼ばれる航海法で、島伝いに航海し陸影によって船の位置を知りながら進む方法だ。

幕藩体制の根幹策の一つが鎖国令であることもあって、陸地の目印をたよりに潮の干満、潮流、季節の風向きを勘案しながらの航海法だ。

ともあれ、この航法は船頭の長年の経験に負うところが大であり、それが水夫《かこ》の命と荷の安全を左右することになる。

大島から神津島までの島伝い航海は和人船頭らが培《つちか》ってきた地廻りだ。

「ならば昼前はヘダ号の操船を学ばせますか」

「湊を出て沖合いでの拡帆《かくはん》作業には、全員就《つ》かせましょう。嵐の海で的確迅速《じんそく》に拡帆と縮帆《しゅくはん》を行えるかどうかは、われら船頭・水夫にとって命に関わる作業にございます、これればかりは繰り返し行って体に覚え込ませるしかない。指揮は副船頭の東三郎に担当させます」

主船頭の言葉に副船頭が首肯《しゅこう》した。

「拡帆・縮帆作業は出船と同時に一刻半ほど演習の時間をとりましょうか」

「相分《あい》かった」

藤之助が賛意を示した。

「その後、ひよっこどもに操船を教えたいが狭い操舵場で全員にうろうろされても敵《かな》わぬ。組単位で操舵場や甲板に分けて、磁石の見方や地廻りの基礎を教えます。操船法を学ばせるためにはヘダ号を停船させてでも、繰り返し作業を覚え込ませるしかございますまい」

と治平が言い、操舵方の東三郎が頷いた。

「となると大砲演習の座学は昼からになるがよいかな、与助どの」

「構いませぬ」

「もし時間があるなれば鉄砲の実射訓練を加えるか、剣術の打ち込みをさせて随時《ずいじ》気分を変えさせようか」

「結構にございます」

と治平が応じ、

「炊き方の文吉の下に随時一組を持ち回りで付けさせます。和船の地廻り航法と異なり、演習の最後は沖乗りでございますでな、何日も陸地を見ることなく航海致します。炊き方も文吉一人では賄《まかな》いきれませんし、揺れる船上での火の使い方や食事の仕《し》度《たく》を覚えるのも大事なことでございます」

「いかにもさよう」

沖乗りとは陸地を望むことができない海上を航海する方法だ。

この航法は磁石を頼りに昼夜を問わず、荒天の海でも航海することになる。

例えば江戸から上方に向かう場合、冶平のような老練な船頭はこの沖乗りで伊豆下田湊から鳥羽《とば》へと直行する。

この沖乗りのさらに進んだ航海法が何十日も海を見ることなく波濤《はとう》万里を越えていく大型帆船や自走蒸気砲艦が用いる大航海航法だ。

これには精密な磁石の他に太陽や星の高度を測る測天儀《そくてんぎ》、時計、望遠鏡、測量器を所持し、その使い方を会得《えとく》せねばならなかった。

藤之助と冶平はヘダ号で沖乗りを何日か経験させて、大航海航法の一端を試みようと企てていた。

ともあれ明日からの日程を話し合いながら浜鍋を食し、酒を飲み、最後には炊き立ての飯にあおりいかの刺身を載せて全員が掻《か》き込むように食して満足した。

夕餉《ゆうげ》が終わった後、汚れた器を海水で洗う者、朝餉《あさげ》の準備をする者と文吉の命に従い分かれ、乗り組みの面々がさらに後片付けをした。

主船頭は高櫓《たかやぐら》の操舵場に戻り、初日の航海と訓練の日誌をつける作業に戻り、さらに海図で明日の航路を確かめた。

流人《るにん》が定期的に流される伊豆七島付近の海域は幕府でもとくと承知していた。その海図とともに異国船が測量した海図を陣内嘉右衛門《じんないかえもん》が下田《しもだ》湊で入手しており、それがヘダ号に積み込まれていた。

滝口冶平らは夕餉の話し合いに基づき、二つの海図を参考にして明日の演習航海を考えていた。

栄次郎は甲板で波浮湊の明かりを見ながら、煙草《たばこ》を吹かしていた。

「座光寺《ざこうじ》藤之助どの、それがし、ちと考えたことがある」

と紫煙を吐《は》いた栄次郎が言い出した。

「これほどの好機にござる。それがしも分からないながら、どこぞの組下に入れてもらい、操船、射撃、大砲発射演習を受けとうござる。剣術家が剣術だけで生きていくのは難しい時代がくるとおぼろげに考えておったが、此度の演習航海でそれを身に染みて感じ申した。ただ見ておるのではつまらぬ、体を動かして体感したほうがよかろうと考えた。このこといかがかな」

「栄次郎どののお考えをそれがしも尊重致します。この時代、だれもが将来に対して明白な答えを持ってはおりませぬ。まず未知のことを学び知る、その上で迷いながら自らの答えを出す。そのよすがとしてヘダ号の実戦演習訓練が役に立つなれば、それがしお誘いした甲斐《かい》があったというもの、うれしきかぎりでござる」

「お願い申す」

藤之助は即座に主船頭らの了解を得て、栄次郎を古舘光忠《ふるたちみつただ》の一の組に加えた。

かくてヘダ号一日目の訓練は終わった。

翌朝七つ（午前四時）、操舵場から喇叭《らっぱ》が奏されて全員が起床して抜錨《ばつびょう》し、出帆作業に入った。その中には自ら望んで訓練生となった千葉《ちば》栄次郎の姿もあった。

藤之助は操舵場に立ち、出船作業を見守った。

わずか一日の経験だが講武所軍艦操練所生らは全く見違えるほどきびきびとした動きを見せていた。

ヘダ号の走りが安定したところで朝餉の握り飯が配られた。

船に乗り、海風を体じゅうで受けているとだれしも腹が空いた。梅干しを入れた握り飯と沢庵《たくあん》漬けを頬張《ほおば》る顔が一日にして逞《たくま》しくなっていた。

短い朝餉の後、本式の訓練が再開された。

甲板方の百次《ももじ》らの下に組が六つあってこれらをそれぞれの組長が統率していた。栄次郎の一の組はこれとは別で、組長は古舘光忠だ。

操帆訓練の総指揮は操舵場から副船頭の内藤東三郎がとった。

藤之助は砲術方の宗田与助と船大工の弁造《べんぞう》を伴い、砲甲板に下りた。

「ちと相談がある」

二人がなんでございますなという顔で藤之助を見た。

「ヘダ号の大きさで片舷《かたげん》三門のアームストロング砲はちと過密と思わぬか。おろしゃ人のように体が大きく、船と大砲に習熟した者なれば狭い砲甲板でも迅速に活動ができよう。が、こちらは未《いま》だ大砲の扱いに慣れておらぬために、一門のアームストロング砲に四、五人が必要か」

「はい。あるいはもう少し人員が必要かと」

と与助が答えた。

「六門のアームストロング砲を操作し砲撃するには二十四人から三十人の人員が要ることになる。ヘダ号の全員を砲撃には回せぬし、またこの大きさの船に三十人以上もが乗り組んでは、長期の航海が厳しかろう」

うたのだ」

「六門を減らせと申されますか」

「二門を予備砲としてほかの四門で効率よく砲撃する態勢に手直ししてはどうかと思うたのだ」

「片舷二門ずつの四門なれば一門に最低四人を固定させることができますな」

と与助が応じるとしばらく沈思して、

「われらは実際の戦闘に加わるわけではございません。あくまで実戦を想定した演習航海にございますれば、操船に慣れ、大砲を撃ち出す作業に習熟することがまず優先事項かと存じます。六門を四門にしての訓練、よい考えかと存じます」

と答え、弁造が藤之助に問うた。

「予備砲二門はこのまま砲甲板においておきますか」

「弁造、その二門だが船尾に移動できぬか。海戦の最中の砲艦の死角は、まず船尾であろう。ここに隠し大砲を置いておき、万が一の場合、船尾の二門を使えるなればと思うたのだ」

「よい考えにございますがヘダ号の船尾は、われらの船室になっております」

「そこだ。そこを利用してこの砲を設置できぬか」

与助が困った顔をして、

「われら、乗り組みのものは二門の大砲と一緒に狭い船室に寝ることになりますか」

「いや、この砲甲板に寝泊まりすればよかろう。ここは上甲板と同じ広さを持ち、大砲六門があるだけだ、それが四門に減る。船尾の船倉よりずっと快適とは思わぬか」

「それはそうでございましょうが」

「異国の砲艦はこれらの砲甲板を利用してハンモックなる吊《つ》り寝床を並べて水夫らが休むようにしてあった」

「ハンモックにございますか」

「網の端に紐《ひも》を付けてその紐を両舷の梁《はり》などに縛りつけ、鳥のように空中に揺られて眠るのだ」

ほう、と弁造がハンモックを思い描くように考え込んだ。

「ハンモックを吊れとは言うておらぬ。弁造、砲甲板の床の一部に薄畳《うすだたみ》を敷くことはできぬか。戦闘演習の折は薄畳を邪魔にならぬようにどこぞに収納しておくのだ」

「畳敷きですか」

と与助がほっと安堵《あんど》したような声を洩《も》らした。

「この砲甲板に畳を敷き詰めますと三十枚は敷けましょう。なるほど、船尾の狭い船室で押し合いへし合いをしているよりずっと快適に眠ることができますな。なんとか工夫してみましょう」

と心積もりがあるのか弁造が言った。

わあっ
と歓声が上甲板から上がった。

どうやら東西に分けて前後橋《ぜんこうしょう》に主帆を張る競争をしている様子で、その最初の決着がついたらしい。

「そなたらが賛成なれば、主船頭と副船頭の了解をとる」

「お願い申します」

藤之助は二人を砲甲板に残して上甲板に戻った。

主帆二枚が下ろされたヘダ号は、前方に利島の島影を見る海域で船足を緩《ゆる》めていた。

「昨日より動きがよろしいようですね、主船頭」

「座光寺様、まあ天候が落ち着いているせいで、幸い船酔いの人間も出ておりませぬ。それがなにより」

と治平が笑みで応じ、東三郎の新たな命が下った。

「前後橋、主帆張れ！」

左右の舷側《げんそく》に横一列に並んでいたヘダ号陸戦隊の面々が水夫に早変わりしてそれぞれの組長の号令の下に拡帆作業に取り掛かった。

「よいか、最前より短い時間で帆を張り終えよ」

百次らが鼓舞した。

「主船頭、ちと相談がござる」

と前置きした藤之助がアームストロング砲の配置替えを説明した。

「砲甲板に左舷右舷それぞれ二門だけを訓練用として、残る二門の予備砲を船尾に移すと申されますか。船尾にそのような、アームストロング砲をおく場所がございましたかな」

「そこで二番目の相談がござる」

藤之助は砲甲板が、水夫や軍艦操練所生らの共同の寝所を兼ねる案を提言した。

「ほう、砲甲板が、水夫らの寝所を兼ねると申されますか」

と応じた治平が、

「それがしも異国の軍艦で吊り寝床を見たことがございます。吊り寝床よりわれらには畳の上が断然落ち着いて眠れますな。畳はさすがに用意してございませんが、薄縁《うすべり》はヘダ号に積み込んでございます。この季節です、板床に薄縁を敷けば狭い船室より快適に過ごせましょうな」

と賛成してくれた。

「アームストロング砲の移動には時間がかかりましょうが水夫らの寝間替えは今晩からでもできますな」

「主船頭、宜しいか」

「ヘダ号を造船した戸田《へだ》湊からアムール河の軍港まで帰国したおろしゃ人は、この一隻に数百人が乗船したと思われます。そのときのことを考えれば、今のヘダ号ははるかに快適に過ごせるように改造が加えてございます。ただ、その改造もすべてはおろしゃ人にとって快適な空間でございましてな、われらはできるだけわれらの暮らしに合った、また、演習に没頭できるような空間に工夫する責務がございます。よき考えはどしどしご提案下され、座光寺様」

と主船頭が承知した。

わあっ
と前檣組が後檣組に競り勝ってわずかに先に帆が風を孕《はら》んだ。そして、後檣の帆が広がった。

「東三郎、しばし休憩させよ。順風を拾ったぞ、一気に利島沖へと突っ走るでな」

操舵場から主船頭治平の命が飛び、船をわずかに右舷側へと転進させた。するとヘダ号が船体を傾けて波を切り裂いて進み始めた。

ヘダ号が早い船足で進む中、東三郎が教授方になって沖乗りのための操船法、磁石の扱いなどの座学演習が続けられた。

昼餉《ひるげ》もまた海上にあるために朝餉の残りの握り飯と沢庵漬けだけの食事だった。

だが、だれも文句を言う者はいない。

列強各国が虎視《こし》眈々《たんたん》と日本を狙い、開国と交易を迫っていた。その危機感がヘダ号に乗り組む全員の心を一つにして演習に打ち込ませていた。

「栄次郎どの、いかがです」

「船上ではよほど両足をしっかりとして甲板に立っておらねば揺れ一つで体が海に放り出されそうだ。いやはや、剣道場で威張《いば》りくさっていた栄次郎はどこにいったか、情けないかぎりにござる」

「いえ、拝見しておったがさすがに北辰一刀流《ほくしんいっとうりゅう》の軽業《かるわざ》栄次郎どのです、存分に作業についていかれておりましたぞ」

「座光寺どのに褒《ほ》められると昼からも頑張る気が湧《わ》いてくる」

と笑った。

「昼からはいよいよ大砲の訓練にございます。なんでも経験、楽しんで下され」

「楽しむまでの余裕はないが精々《せいぜい》皆の足を引っ張らぬようにしよう」

操舵場から喇叭が鳴らされて昼からの演習が始まった。

この日もアームストロング砲は砲声を立てることなく演習を終えた。


二日目の夕暮れ、新島の西海岸の小さな入り江にヘダ号は錨《いかり》を下ろした。

「座光寺様、夕餉の折、全員を上陸させてようございますか」

と主船頭が藤之助に許しを乞《こ》うた。

岩場に接して停泊したヘダ号から見るかぎり集落はどこにもなかった。

「停泊地近くに湯が湧いておりましてな」

「ほう、温泉がございますか」

「全員が潮を被《かぶ》り、汗を掻《か》いておりますゆえ温泉を遣《つか》わせとうございます」

「気分を変えるによき考えかな」

「明日から外海に出ます、数日は島影も見えぬ沖乗り航海にございます。千葉様、当分湯などには縁がございません、最後の湯を堪能《たんのう》して下され」

治平の言葉にいよいよ本格的な実戦演習航海が始まることを千葉栄次郎は覚悟させ

られた。

船には主船頭の滝口治平ら数人を残した藤之助らは岩場の間に湧き出すという温泉に向かった。

百次らは以前から承知か、その場所はヘダ号が停泊したところとは半丁も離れていない岩場にあった。

「やっぱり陸地はいいな、微動もしないぞ」

佐々木万之助《ささきまんのすけ》が嘆息すると汗だらけの筒袖《つつそで》を脱ぎすて、真っ裸になって岩場の湯に飛び込んだ。そして、顔を上げた万之助が、

「皆様、極楽でございますぞ」

と叫んだ。

藤之助らも自然の岩場に湧く温泉に身を浸《ひた》した。

「おお、なんとも言えぬ」

「せいぜいこの時を楽しむがよい。明日からは当分陸影が見えぬ船上暮らしが続くでな」

「はっ」

と藤之助の言葉にその場にある者が畏まった。

藤之助らは遠く海に落ちる夕陽を眺《なが》めながらだれもが黙然と湯に身を委《ゆだ》ねていた。

二

四日後、ヘダ号は神津島南西の沖合数十里にいた。

太平洋上を赫々《かっかく》たる太陽が照らし付け、辺りには島影どころか船影もなかった。

それでも主船頭の滝口治平は、船大工の弁造を前檣上に登らせ、四周になにもないことを確かめさせた。

弁造はヘダ号乗組員の中で一番遠眼が利《き》いた。

帆柱に器用に片足を巻き付け、片手で帆柱上に巻かれた綱を摑《つか》み、もう一方の手を額《ひたい》に翳《かざ》して陽光を遮《さえぎ》りながら辺りを確かめていた弁造が、

「主船頭、見渡すかぎり染みひとつない大海原でございますよ!」

と報告してきた。

「よし、弁造、気をつけて下りてこい」

治平の言葉を受けた弁造がするすると帆柱を滑《すべ》り下りてきた。

高櫓の操舵場には主船頭の治平、副船頭の東三郎の二人がいて満帆に風を孕んで南

進するヘダ号を操船していた。そして、その傍《かたわ》らに藤之助が屹立《きつりつ》していた。だが、甲板上には帆柱から猿《ましら》のような身軽さで下りてきた弁造一人だけで他に人影は見えない。その弁造もすぐに砲甲板への階段に向かった。

ヘダ号船上に静寂が漂い、緊張が漲《みなぎ》っていた。

「さてどのような仕儀に立ち至りますかな」

滝口治平が藤之助に笑いかけた。

「砲術方宗田与助はそなたの下で幾多の修羅場を潜《くぐ》ってきた人間、その与助が短い日数とはいえ厳しい指導をしてきたヘダ号陸戦隊砲術掛《がかり》、まずは安心して見物できましょうぞ」

「異人も泣かせる座光寺藤之助様の運をヘダ号に分けて下され」

「それがしに運あらば、ヘダ号にもあろう。この船、われらと一心同体ゆえな」

「いかにもさようでした」

と応じた治平が、

「砲撃実戦演習開始！」

とヘダ号船上に響きわたる声で命じた。すると砲甲板への階段に待機していた弁造がその声を復唱して砲術方の宗田与助に伝えた。すると即座に砲甲板から、

「砲撃実戦演習開始！」

と砲術方の与助の復唱する声が上甲板にも戻ってきた。

「東三郎、船足維持、直進せよ」

「船足維持、直進します」

操舵場で正副船頭が言い合った。

「左右両舷砲扉、開け！」

与助の声が続き、両舷に二門の砲扉が開かれ、アームストロング砲の黒光りした砲口が突き出された。そして、左右仰角が調整され、定まった。

「右舷一の組、砲撃準備」

与助の新しい命に反応する乗組員の機敏な動きの様子と息づかいが操舵場にも伝わってきた。

「右舷砲撃準備完了」

よし、と与助が応じて、

「左舷二の組、砲撃準備」

と命じた。

再び左舷甲板下からも同様な物音と気配が伝わってきた。それはある律動と間《ま》を伝えていた。短い日数ながら与助らに徹底的に大砲の操作を指導され、身につけた者だけが醸《かも》し出す気配だった。

「左舷砲撃準備完了」

ヘダ号に無音の時が流れた。

二枚の主帆と一枚の補助帆に風を孕んだヘダ号は最大船速で南進し、舳先《へさき》が太平洋を切り裂いて白い飛沫《しぶき》を虚空に跳ね上げていた。

操舵場にも無言の緊迫があった。

その緊迫に抗して凛然《りんぜん》とした与助の命が下った。

「右舷側、砲撃！」

鎖栓《くさりせん》の把手《とって》の間に開いている点火口に差し込まれた火管に点火されたのが操舵場でも想像された。すると炎は鎖栓の間を鉤型《かぎがた》に曲がって火門に達し、装薬に点火されるのだ。

この間、数拍の間があって操舵場の三人は砲口から白い煙が一条、
すうっ
と流れたのを見た。

次の瞬間、四十ポンド砲弾が虚空に放たれて同時に腹に響く、

ずどーん！

という砲声を操舵場の三人は聞いた。

がたん
という音を響かせて砲口が砲門から後退して見えなくなった。砲撃の反動で後退したのだ。

砲弾は海の上に緩やかな円弧を描いて秒速千余尺で飛んでいくのが操舵場の三人に確かめられた。

ライフル溝で回転がついて撃ち出された砲弾は空気抵抗が少ないため弾道精度が高く、ほぼ目標とする三十数丁先まで飛んで海上に落下し、大きな波飛沫を上げた。

「右舷砲第一弾、目標海上着水！」

操舵場の東三郎が大声で叫んだ。

「左舷側、砲撃！」

与助のどこか高揚した命が発せられ、左舷側からも砲弾が撃ち出された。それは右舷側より高い仰角で放たれたせいで、一の組の四十ポンド砲弾より高い弧を空に描いて四十丁に達するほどの海面に落水した。

「左舷砲第一弾、目標海上着水！」

操舵場が認めて、砲甲板から、
わあっ！

と大歓声が上がった。

初めて自分たちの手でアームストロング砲を操作して発射したのだ。興奮が砲甲板から上甲板にも伝わってきた。だが、与助の声がそれを制した。

「左右両舷、次砲発射準備！」

興奮が鎮《しず》まり、再び無音の緊迫と操作の気配が戻ってきた。

発砲を終えたアームストロング砲は、滑車《かっしゃ》装置を使って砲撃の最前部位置まで前進させられる。

これで操舵場の三人の目に再び砲口が見えた。

砲甲板では組長ら熟練の者の手によって螺《ら》旋尾《せんび》栓《せん》が緩められる。だが、発射の圧力で固く閉まっている場合が多く、把手《とって》の付け根の鉄玉を金鎚《かなづち》で叩《たた》いて緩める。

カンカンカーン！

という音が操舵場にも伝わってきた。

砲身の両側に立つ砲撃方二人が把手を摑むと鎖栓を外し、架台の上に寝かせる。

砲身内に掃除棒を挿入して、装薬の燃え残りなどを除去する。さらに砲弾、ガス緊《きん》塞器《そくき》を取り付けた装薬が螺旋尾栓に開いている後装口から押し込まれる。

一方で火管が鎖栓に装着されると鎖栓が砲尾へ落し込まれ、螺旋尾栓がねじ込まれて、鎖栓は薬室に圧着される。

これで砲撃準備が整ったことになる。

「操舵方、面舵《おもかじ》一杯！」

の命が主船頭より下り、東三郎が一気に操舵輪を回して右舷側への反転を試みる。即座にヘダ号が反応して船体を傾けて右舷側へと転進した。

藤之助の頭上でばたばたと帆が鳴った。

砲甲板で小さな悲鳴が上がったが直《す》ぐに止んだ。

ヘダ号は再び安定した走りを取り戻していた。

操舵場も砲術方も海上での困難な戦闘を見越しての演習を課していた。それが後々の実際の戦闘に役に立つからだ。

「左舷右舷同時砲撃！」

混乱を鎮めるように平静な与助の声が新たな命を下し、転進するヘダ号の船体を震わせて両舷からほぼ同時に砲弾が撃ち出され、二発の砲弾ともに最前よりも遠くの海上に着水した。

「与助どのはようもここまで指導をなしたな。さすがは滝口治平どのが長らく手元に置いて育て上げられた砲術方にござる」

藤之助が治平に笑いかけた。

「砲術ばかりはそれがしの力ではございませんよ。高島秋帆《たかしましゅうはん》先生や英吉利《イギリス》の東インド会社の士官の指導よろしきを得た結果にござる」

「なによりこの与助が短期間に異国の砲術を身に付けたのが手柄にございますぞ」

演習を終えた与助が割って入ってきた。

ヘダ号で基本の操船術、観測術、砲術を学ぶことができれば、長崎の海軍伝習所や講武所《こうぶしょ》軍艦操練所で学ぶ期間がそれだけ短くなり、新たな訓練生を受け入れることができるのだ。

「列強に追い付き、追い越せ」

はすべて近代航海術と砲撃を学んだ者たちの働きによって可能となるのだ。そのことを操舵場の三人は承知していた。

「それは認めてようございましょうな」

と笑みで応じた治平が、

「この次、湊に入ったときに盛大に祝杯をあげましょうか」

「それがいい」

藤之助も治平の言葉に賛意を示した。

神津島沖合いでさらなる砲撃演習と操船訓練を積んだヘダ号が神津島の湊に入ったのは三日後のことだ。

海上から望遠する神津島は天上山《てんじょうさん》が台形に聳《そび》える美しい島だ。

「主船頭、江戸からの距離はどれほどにございますな」

操舵場で藤之助が治平に聞いた。

「海上四十四里半ございます。東海道で申せば駿府《すんぷ》の手前辺りにございますか。周囲は五里半、昔から流人が流される島ゆえ立ち寄りが禁じられております」

藤之助もそれは承知していたが、天候が変わり目に差し掛かっていることもあって、治平と相談しての寄湊であった。

ヘダ号の入津《にゅうしん》を湊に集まった島の住人が不安げな様子で見ていた。中には鍬《くわ》や鎌《かま》や手槍のような物を持っている者もいた。立ち寄りが禁じられた島に入ってきた帆船を怪しんでのことか。

一方、島影にも船にも接することのない海上暮らしを七日間にわたって続けた乗組員一同の顔には自信めいたものが漂っていた。一同を甲板に集めた主船頭の滝口治平

が、

「相談役」

と藤之助の名を呼んだ。

「ご一統に申し上げる。ヘダ号の実戦演習航海、よう成し遂げられた。ご一統の中には海に出るのが初めての者も多くいたはずだが、一人の落伍者《らくごしゃ》もなく演習の課題をほぼ終えられたのは真《まこと》にめでたい。この体験は軍艦操練所に戻って必ずや役に立つ。主船頭と話し合い、今宵《こよい》は神津島への上陸を許すことにした。主船頭より注意がござる」

わあっ！

航海で一番大きな歓声が沸いた。

治平が藤之助に代わり、

「そなたらも承知かと思うが神津島は流人の島ゆえふだん寄港が許されておらぬ。じゃが、われらは幕府講武所の立寄り許し状を持参しておる。この立寄りは嵐の際に許されたものである。天候の変わり目にあるゆえ神津島に立ち寄ったことを忘れるでない。まず先遣方《さきやりがた》が上陸し、島役人に許しを願うまで暫時《ざんじ》待て」

と挨拶《あいさつ》し、直ぐに伝馬舟《てんまぶね》が下ろされた。

上陸するのは副船頭の東三郎と藤之助だ。

「島役人はおられるか」

と小舟の上から東三郎が叫ぶと、湊に集まった中から年寄りが慌《あわ》てて黒羽織を着ながら姿を見せた。

「われら、幕府講武所軍艦操練所のヘダ号乗り組みのものである。当島が立ち寄り禁止の島であることは承知しておるが、われら立寄り許し状を持参しておる。一夜、乗り組みの者、水夫《かこ》らに休息のために上陸を願いたい。もし宿があるなれば、それを使わせてもらいたいがいかがか」

と内藤東三郎が叫んで問うた。

「異国の船ではないのですな」

と島役人の年寄りがほっとしたような口調で聞き返した。

「船はおろしゃ人の指導によって造られた。ゆえに一見、異国の船に見えるが、幕府所属の帆船である。安心なされよ」

伝馬舟が浜に乗り上げた。

「一夜だけの逗留《とうりゅう》にございますか」

どことなく食えぬ感じの老人が二人を見た。

「一夜を予定しておるが気になるのは天気の具合だ」

「明日から海は荒れますぞ」

と羽織の年寄りが東三郎と藤之助が浜に飛びおりるのを迎えた。

「神津島島役人の孫兵衛《まごべえ》にございます」

「それがし、ヘダ号副船頭内藤東三郎にござる」

と東三郎が孫兵衛老人に挨拶を返して、立寄り許し状を見せた。

東三郎は元々御船手《おふなて》奉行向井将監《むかいしょうげん》配下の御船手同心であったから幕臣である。

孫兵衛と名乗った老人が前歯の抜けた口をもぐもぐとさせながら、立寄り許し状を読み下し、

「何人乗り組んでおられますな」

と尋ねた。

「こちらの講武所軍艦操練所付教授方座光寺藤之助様、主船頭滝口治平以下、二十五名である。船に不寝番《ふしんばん》を二、三人残すで島に泊まるのは二十二人か、二十三人じゃあな」

「ならば、流人を運んでくる役人が泊まる陣屋を空けまする。夕餉はどうなされますな」

「炊き方はおる。自炊せよと申せばそうしよう」

「いえ、島の食べ物でよければ女衆に命じます」

「ならば宿泊代として一人二百文支払うがどうだ」

ようございます、と孫兵衛が請合い、ヘダ号へ漁師船を迎えに出させることも付け加えた。

急に湊付近が慌ただしくなり男衆は浜に向かい、女衆は集落に戻った。

「お役人」

と孫兵衛が藤之助に話しかけた。

「酒は飲まれるか」

「あれば頂戴しよう」

「酒代は夕餉代とは別でしょうな」

「飲み食いした分はなんであれ支払うで、案じられるな」

「それを聞いて安心した」

と答えた孫兵衛老人が上目遣《うわめづか》いに藤之助を眺め、

「島の娘に手を出してはならぬ」

「そのことも徹底させる」

と東三郎が答えた。

ふーうっ
ひと仕事を終えた様子の孫兵衛老人に藤之助が聞いた。

「老人、海が荒れる様相を見せておるがどれほど荒天は続くな」

「この節、吹く東風《こち》は三、四日続きますぞ。湊に泊《と》まる船も沖に流されることがあるで、おまえ様方の船もしっかと繋《つな》ぐことだ」

その話を聞いていた東三郎が、

「座光寺様、一旦《いったん》ヘダ号に戻り、係留索《けいりゅうさく》を増やすかどうか主船頭と相談して参ります」

とその場に藤之助を残して、東三郎が一旦伝馬舟でヘダ号に戻っていくことになった。

「お役人、うちに来られぬか」

と孫兵衛老人が藤之助を誘った。

「よいのか」

「湯や飯の支度《したく》には半刻やそこらはかかろう」

と言った孫兵衛老人は慌てて着込んだ羽織を脱いで手に提げ、浜を望む高台の家に藤之助を案内した。

島役人の孫兵衛老人は網元でもあるのか石を積んだ塀に囲まれた敷地は広く、しっかりとした造りの家だった。

縁側からヘダ号の停泊する様子が見えた。舷側から垂らされた縄梯子《なわばしご》で次々に乗組みの者たちが漁師船に乗り移っていた。

「よう神津島に参られた」

と貧乏徳利のような壺《つぼ》と茶碗を持ってきた。

「島で造られた酒じゃ」

「頂戴しよう」

口に含んだ濁り酒は酸味の強い野趣のある味だった。

「老人、流人はいまも島におるか」

「むろんおる」

「自ら招いた所業とは申せ、江戸暮らしの人間が島に住むのは大変であろうな」

「それはそうだ。島流しに遭《あ》う者どもは勝手気ままな暮らしをして悪さが染みついた者ばかりじゃ。島の暮らしは厳しいでな、漁もできぬ、痩《や》せた土地を耕《たがや》す術《すべ》も知らぬではしんどかろうな。元々島の人間がようやく暮らしてきた土地しかない、海を知らぬでは生きるのにも苦労が絶えまい。まして浜を離れた流人住まいは餓《う》え地獄じゃな」

と応じた孫兵衛老人が、

「ちょいと困ったことが生じておる」

と藤之助の顔を見た。

「なんだな、老人」

「一年も前か、百地光太夫《ももちこうだゆう》なる浪人者が流されてきた。この者が十日も前から流人を結集して山に籠《こも》り、浜に押し出してくる様子を見せておる。そんなところに奇妙な帆船が入った。今晩あたり、百地らが姿を見せるかもしれん。百地の下には何人仲間がおると思われる。島の呑《の》んだくれを含めて二十数人じゃぞ。なんとかならぬか」

と孫兵衛が狡猾《こうかつ》そうな目付きで藤之助の顔を見た。そして、言い足した。

「百地光太夫は一刀流の免許皆伝とか、なかなかの剣術の腕前じゃ」

三

主船頭の滝口治平は、天候悪化に伴い、錨を入れるとともに係留索をいつもの停泊にも増して繋ぎ、船体を神津島湊内の一角にしっかりと固定した。さらに不寝番を四名残すことを命じた。最初の当番は副船頭の東三郎を長とした四人で、古舘光忠も含まれていた。

この四人、いったん上陸させて早めに夕餉を摂《と》らせ、伝馬舟でヘダ号に戻ることになった。

藤之助は浜まで見送り、東三郎に流人らが徒党を組んで不穏な情勢にあることを告げ、その様子が見られれば喇叭吹奏で即座に陸地に知らせるように命じた。

「相談役、なんとのう、島の様子が不穏とは思っておりました。湊に迎えに出ていた連中が鎌など得物を持っていたのはそのせいですか」

「どうやらそのようだ」

「二人ずつ寝ずの番で警戒に当たります」

「こちらも主船頭と相談して夜回りなどして湊付近を警戒させよう」

「座光寺様と千葉栄次郎様、二人の猛者《もさ》が同道するわれらです。そちらより天気の崩れが気になります」

夜になり十二夜の月に黒雲がかかり、早い勢いで次から次へと流れていき始めた。

「荒れるかのう」

「此度《こたび》の実戦演習、荒天での航海訓練もございます。ですが、ただ今の陣容ではいささか不安、湊で待機ということになりましょうかな。むろん主船頭と相談役の決断次第にございますが」

と副船頭が含みのある言葉を残して陸から伝馬舟に飛び移った。

「光忠、話は聞いたな、副船頭の補佐を頼んだぞ」

とヘダ号の航海に出て、さらに一段と顔付きが逞しくなった座光寺家家来の光忠に命じた。

「畏まりました」

と短く光忠が答えた。

残りの二人は軍艦操練所の氏家寅太《うじいえとらた》と園田吾七郎《そのだごしちろう》だ。二人ともに十七、八でまだ初々《ういうい》しい少年の顔を残していた。

「寅太、吾七郎、副船頭の命をよく聞いて不寝番に努めよ」

「はっ」

と二人が畏まり、伝馬が浜を離れた。

伝馬舟はヘダ号に向い、ヘダ号に居残っていた百次らを乗せて戻ってくることになっていた。

背に足音が響いた。

「相談役、湯の仕度が整いましてございます」

藤之助が振り向くと寅太らと同じ軍艦操練所生の後藤時松《ごとうときまつ》が立っていた。こちらも十八と若い。

「百次らがやってくるでそれを待って陣屋に戻る」

藤之助が答えると後藤時松もその傍らに歩み寄り、明かりの灯《とも》されたヘダ号に向かう伝馬舟に見入った。

「時松、船には馴《な》れたか」

「ヘダ号への乗船を命じられたとき、不安ではございましたがそれがし従兄弟《いとこ》より船に強い体質と思えます」

「その言葉は荒天航海のあとまで取っておけ」

と若武者に言いかけた藤之助は、

「ヘダ号に従兄弟が乗船しておるか」

「いえ、この船ではございませんでした」

と悔しさの滲《にじ》んだ口調で返答が戻ってきた。感情の籠った語調を訝《いぶか》しんだ藤之助が、

うーむ
と横顔を見た。

後藤時松は、きいっと遠く海を見詰めていた。

「相談役、それがし、藤掛漢次郎《ふじかけかんじろう》の従兄弟《いとこ》にございます」

「なんと藤掛どのの血縁であったか」

「漢次郎が江戸丸《えどまる》で長崎に向かったことはそれがしも承知しておりました。まさか駿河湾で海に落ちて亡くなろうとはわれら一族夢想もしませんでした。此度、ヘダ号の主船頭滝口様と相談役の座光寺様が江戸丸に乗っておられたと聞き、なにかの縁と思うておりもます」

「ようも親御どのがお許しになったな」

「座光寺様、藤掛家では摂津《せっつ》からの早飛脚《はやびきやく》に驚きましたが、陣内嘉右衛門様と滝口治平様の懇切丁寧《こんせつていねい》なる文に接し、漢次郎は、戦《いくさ》に出る途次に亡くなったのだ、これも武家の習いと一族郎党がお互いに言い聞かせ、得心して亡骸《なきがら》もない法会《ほうえ》を営みました」

「そうであったか」

「それがし、なんとしても藤掛漢次郎の遺志を継ごうと決心したのはその折です。むろん父も母も最初は反対致しましたが、非常時に命を擲《なげう》つのは徳川の禄《ろく》を食《は》んできたわれらの務めと最後には得心してくれました」

「よう一家で話し合われたようじゃな。藤掛漢次郎どのがこと、それがし、一時《いっとき》たりとも忘れたことはない」

「座光寺相談役はわれらを戒めて従兄弟の悲劇を口にされました。そのとき、漢次郎の魂は講武所軍艦操練所に生きておると思いました」

「それだけではない。長崎海軍伝習所には同期の十一人が漢次郎どのの思いを胸に厳しい訓練に励んでおる」

「座光寺様、漢次郎の同期は十三人ではございませんでしたか」

「たしかに、江戸丸で出立《しゅったつ》したときは十三人であった」

「私も伝習所二期生に応募した一人です。ですが、年が十六ということで採用にはなりませんでした」

「そうであったか」

「座光寺相談役、従兄弟とは別にもう一人、脱落された方がございましたか」

「一緒に長崎に到着したのは確かに十二人であった。だが、その後、藤掛どのとも親しかった能勢隈之助《のせくまのすけ》どのがライフル射撃の訓練中、銃弾が遊底内で暴発して片方の手首を失い、伝習所を退所になっておられる」

「なんとそのようなことが」

「そなたらの身にも起こり得ることだ。演習中は決して気持ちを散じてはならぬ」

はっ、と畏まった後藤時松が、

「手首を失うては役目が果たせませぬな」

「幕臣として前線には立てぬかもしれぬ。じゃが片手を失うたとてやるべきことはたくさんある。そなたが藤掛どの従兄弟というで、格別に話しておく」

能勢隈之助の希望に添って異国に密かに出立させたことを告げた。

「なんと能勢様は異国の地に」

「今頃は英吉利国の倫敦《ロンドン》という都に到着したころか」

と藤之助は遠くを見る眼差しで西の夜空を見た。後藤時松もまた藤之助を真似《まね》た。

海上に星明かりが瞬《またた》いていた。

「われらは激動の時代のただ中にある。もはや平時の常識は通じぬ。慣例や仕来たりや決まりごとに束縛されていてはこの国は滅びる。それを座して見守るか、後藤時松」

後藤に長い沈黙があった。そして、

「座光寺様、それがし、なんとしても藤掛漢次郎の志《こころざし》を継いで無念を晴らしてみせます。厳しいご指導を願います」

と言い切った。

「相分《あい》かった」

ぺこり、と頭を下げた後藤時松が番屋に戻っていった。このことを藤之助に告げる機会を後藤はヘダ号に乗船した時から考えていたのだろう。

伝馬舟の明かりが最前より風が強くなった浜を照らした。

「百次、舫《もや》い綱《づな》を投げよ」

と東三郎らと代わって上陸する百次に命ずると、お願い申しますという言葉と一緒に舫い綱が投げられた。

藤之助は虚空で舫いの一端を摑むと押し寄せる波の力を利して、ぐいっと浜まで引き上げた。

伝馬舟の舳先から次々に飛び下りた百次らとともに、藤之助らは舟を海から浜へと引き上げて、固定した。

荒天を気にかけたためだ。

「座光寺様、ヘダ号は少々の嵐では流されることはありません」

と百次が報告する傍らに、田神助太郎《たがみすけたろう》の顔があった。

「助太郎、御苦労であったな。船には馴れたか」

「藤之助様、ヘダ号に乗船させて頂きましたことを助太郎、生涯忘れませぬ」

短い返事に助太郎の想いがすべて込められてあった。

ヘダ号に乗船してから、助太郎ら家臣となかなか話す機会がなかった。だが、光忠らが日一日と成長していく姿を藤之助は見ていた。

「さて、湯が待っておる。参ろうか」

一同は荒れ始めた神津島湊に停泊するヘダ号を今一度見て番屋に向かった。


ヘダ号は実戦演習航海の最大の目的、帆走しながらの砲撃訓練の課題を終えた。それも沖乗り航法で何日も陸地を見ずしての厳しい演習の中であった。

ヘダ号相談役の座光寺藤之助、主船頭の滝口治平らの幹部の胸中にも達成感があった。

航海前、陣内嘉右衛門からヘダ号の運用を託され、自ら望んで洋上演習を企てたとき、短期間の内に全く海を知らない講武所軍艦操練所の新人ら九人を含む陣容でそのようなことが可能であろうかという不安が藤之助らの胸にあった。

だが、操舵方の内藤東三郎、砲術方の宗田与助の必死の指導が実り、なんとか達成できたのだ。

実際に指導を担当した二人の顔には満足げな笑みがあった。

一方、佐々木万之助ら九人の軍艦操練所生らにも一人の落伍者もなく厳しい訓練に耐えた自信と誇りがあった。

「相談役、操練所生らに一言ご挨拶を」

と主船頭治平に促された藤之助は、

「まずは実戦形式の最大の目的である砲撃演習の無事終了、祝着至極《しゅうちゃくしごく》に存ずる。そなたらが軍艦操練所生としての第一歩をヘダ号でやり遂げたこと、われらヘダ号幹部一同、うれしく思う。されどこの体験はあくまで第一歩、これから観光丸《かんこうまる》を始めとする自走蒸気軍艦にてのさらに厳しい訓練がそなたらの行く手に待ちかまえておる。そのことを努々《ゆめゆめ》忘れるでない。じゃが、今宵は久しぶりの陸地での夕餉を楽しもうぞ」

藤之助の言葉に、
うおおっ！

という怒号のような歓声が沸き、一人一合あての酒も供された。

なんとも賑《にぎ》やかな宴《うたげ》であった。

だが、洋上演習中ということもあり、夕餉は半刻で切り上げられ、幹部と千葉栄次郎らを除いて眠りに就いた。

藤之助らの頭には流人の百地光太夫らが天上山に立て籠《こ》もり、不穏な行動をとっていることが念頭にあった。

主船頭の治平は、番屋でも水夫の百次らを交替で不寝番につけようと提案したが、

「今晩はそれがしがその役を務めよう。洋上でそれがし、なんのお役にも立たなんだでな」

と藤之助が自ら申し出た。

「相談役、神津島湊上陸は海が荒れたための緊急避難にございます。未だ洋上演習中であることに変わりありません」

治平が一応藤之助の決断に異を唱えたが、

「いかにも洋上演習中ということは忘れてはおらぬ。じゃが、佐々木万之助らが頑張り通したことも確か、一人の落伍者も出しておらぬのは驚きの一言ではないか。それがしが江戸丸で長崎に参った航海に比してみても、佐々木らは逞しいぞ。それだけに神経を張り詰めてヘダ号の暮らしを続けてきたのだ。今宵一夜、ゆっくりと眠らせて最後の仕上げの演習に入ろうぞ」

「荒天航海をなされる所存ですな、相談役」

「それを決めるは主船頭のそなた」

治平は、激しくなった外の風音に耳を傾けた。

風に混じり、雨も降り始めたか、番屋の雨戸を叩いていた。そして、それに抗するように番屋内には鼾《いびき》が重なって鳴り響いていた。

百次ら水夫らと軍艦操練所生らが爆睡する鼾だった。

「明日からの荒れ具合を見てから決めてようございますか、相談役」

「伊那谷《いなだに》の山猿を長崎まで江戸丸で連れていってくれたのは滝口治平、そなたであったな」

「長い船頭暮らしの中で座光寺藤之助様のような破天荒な幕臣に会ったのは初めてでございました。伊豆沖にて江戸丸を激しい嵐が襲いましたな。われら海を知る者にとってもひどい嵐にございました。それがしは江戸丸を操舵するのに必死で藤掛漢次郎どのが落水したのも気付きませんでした」

「嵐の海で危険を顧《かえり》みず船を反転させ藤掛どのの捜索を行う決断をしたのは滝口治平主船頭であった」

「あの嵐と悲劇を乗り越えたればこそ、長崎海軍伝習所一期生らは今も固い結束を守り、日本海軍の礎《いしずえ》になろうとしておられます」

「船乗りは嵐を体験してようやく半人前」

「となれば」

「此度の洋上演習の仕上げは決まったようなものだ」

と藤之助と治平が顔を見合わせ、頷き合った。

「いささかの不安は、流人らが徒党を組んで山に籠っておるという一件でございますな」

「主船頭、そちらはそれがしに任せよ。どのような嵐が来ようと驚きはせぬがその折、主船頭や副船頭が疲労困憊《こんぱい》では的確な操船もできまい。治平どのも少し体を休められよ」

藤之助が治平に命じた。

操舵場の三人はヘダ号が海上にあるとき、交代で短い仮眠をとるだけで操船指揮をしていることを藤之助は承知していた。

講武所軍艦操練所沖で抜錨《ばつびょう》して以来、不眠不休が続いていたのだ。

「お言葉に甘えてようございますか」

治平の言葉に藤之助が頷いた。

「座光寺どの、それがしが付き合うてはいかぬか」

と二人の話を聞いていた栄次郎が言い出した。

「なんとも心強いお味方にございます」

藤之助は栄次郎の申し出を素直に受けた。

治平が眠りに就いたのを見て、炉辺《ろへん》から藤之助と栄次郎は立ち上がった。

神津島の番屋は流人船が到着したとき、同行してきた奉行所役人の宿泊施設ともなり、島人の集まりにも使われた。また流人らを留めおく仮牢も設けられてあった。

流人が騒ぎを起こしたときの鎮圧の指揮所ともなったため、板壁には突棒《つくぼう》や刺股《さすまた》、強盗提灯《がんどうぢょうちん》など捕り物の道具が掛けられてあった。

藤之助と栄次郎は蓑《みの》と笠《かさ》を身に着け、木刀を手に番屋の外に出た。

まず暗闇の雨の中、湊に停泊するヘダ号を確かめるために船着場に行った。するとヘダ号の甲板に灯された常夜灯がおぼろに浮かんで見えた。そして、船体が風雨と波に煽《あお》られて、ぎしぎしと鳴る不気味な音が響いていた。だが、異状があるようには見受けられなかった。

二人は湊の周辺を見回った。といっても、湊付近の集落はせいぜい十数軒と思えた。

二人が集落の東外れに出ると石ころだらけの道が山へと続いていた。

突然、風雨を突いて山から太鼓の音が低く高く響いてきた。なにか不安と恐怖に陥れるような切迫した音だった。

栄次郎が風雨と闇が閉ざす山の方角を見た。

「百地光太夫らが奏する太鼓であろうか」

「大方、そのようなものかと」

と二人が言い合っていると、突然二人から半丁も先で人の気配がした。

「座光寺先生、奴ら、山に籠っておると見せかけて里人を油断させるために太鼓を叩いておるのではなかろうか」

「どうやらそのようですな」

二人は集落外れの家の軒先に入って風雨を避けながら、異変を待った。

四半刻《しはんとき》も過ぎたか、松明《たいまつ》を灯した七、八人の一団がひたひたと神津島湊へと下ってきた。

だが、藤之助と栄次郎が軒下に潜んでいることに気付くことなく通り過ぎようとした。

不意に藤之助が一行の前に立ち塞《ふさ》がった。

「かような刻限にどちらに参る」

ぎょっ

とした一同が足を止めた。

流人の群れは湊の様子を確かめにきた偵察方か。腰に山刀を差し、手には竹槍を下げていた。

「百地光太夫はおるか」

藤之助が問う。だが、一団は無言の裡《うち》に藤之助の風体を松明の明かりで確かめた。

「相手は一人じゃ、叩き殺せ」

一団の頭分《かしらぶん》か、袖《そで》なしを着込んだ大男が命じた。

「そなたら相手には座光寺先生で十分じゃが、生憎《あいにく》ともう一人おる」

千葉栄次郎が一行の背後を抑えるように軒下から出た。

「小頭、こやつら、異国の帆船に乗ってきた連中じゃぞ」

「よし、こいつらを叩きのめして船を乗っ取るぞ」

と流人らが手製の武器を構えた。

その時、異変に気付いたか、近くの民家の庭先で犬が吠え出し、続いて番屋の戸が開き、滝口治平らが飛び出してきた様子があった。それを見た流人の頭分が、

「今宵はいったん引き揚げじゃぞ」

と命ずると偵察隊は山へと逃げ戻っていった。

それを栄次郎も藤之助も手出しすることなく見送った。

頭目の百地光太夫がいないのに、雑魚《ざこ》を捕まえても致し方ないと思ったからだ。

四

神津島湊を激しい風雨が襲っていた。

夜半を過ぎて天候が悪化し、番屋から見るとヘダ号が大きく揺れているのが見えた。もはや伝馬舟を出して交代要員を出すこともできないほどの暴風雨だった。

ヘダ号には古舘光忠も乗船していた。

後々のよき試練になろうと光忠の健闘を浜から藤之助は見守った。

ヘダ号が湊に停泊して二日目の夜を迎えたとき、湊の北にある集落から悪い知らせが届いた。

猟師の良作《りょうさく》一家が百地光太夫一味に襲われ、火縄銃一挺《ちょう》を奪われた上に娘のおときが一味の手に落ちたというのだ。

島役人を兼ねる網元の孫兵衛が、

「良作、あれほど、危ないゆえ湊に下りてこいと命じたであろうが」

と叱《しか》ったがあとの祭りだ。

「孫兵衛様、まさかあやつらが島の北側に下りてくるとは考えもしませんでしたよ」

「あやつらからようも逃げられたな」

「娘のおときを床下に隠したがよ、皆が血眼《ちまなこ》になって家探ししている隙《すき》を見て、ともかく孫兵衛様に知らせねばと一旦家の外に出ただよ」

良作は夜道で何度も転んだとみえて手足に傷を負い、血を流していた。

「わしは家の近くに隠れてよ、家の様子を見ていただ。ばあ様とかかあは家に残されたが娘は、娘は」

と良作が泣き出した。

「光太夫め、おときを連れて山に戻った様子か」

良作は泣き崩れながらも顔を激しく横に振った。

「あやつら、おときを連れて阿波命《あわのみこと》神社に立て籠もり、湊の帆船を乗っ取る算段しているだよ。季節でもねえが流人船が入ったか、孫兵衛様」

良作は百地光太夫らの行動を見極めて救《たす》けを求めにきたのだ。

「流人船ではねえ、幕府講武所の訓練帆船だ」

と孫兵衛が良作にヘダ号が入津した経緯《いきさつ》を告げ、藤之助らの顔を見た。

「相手は何人かな」

藤之助が良作に静かな口調で聞いた。

「十四、五人だ。うちの食べ物も、どぶろく酒も浚《さら》っていきましたが二日と持ちますめえ」

良作は食べ物がなくなれば湊に押し寄せてくると言っていた。

「この嵐は明後日にも鎮まる。百地光太夫一味はその頃合いにこの浜に姿を見せる気だろうが、あやつらを浜に入れてはなんねえ」

と孫兵衛が敢然と言い切り、

「阿波命神社に押し出す。予《かね》ての命通りに捕り方を集めよ」

と神津島の長老の威厳をみせて島の男衆に命じた。

「待ってくれ、孫兵衛どの。大勢で押し掛けたのではおときの命が危ない。ここはわれらに任せてくれぬか」

藤之助が孫兵衛に願った。

「座光寺様、そなた方は島を知らぬ。この嵐の闇夜に阿波命神社まで行きつくめえ」

「道案内を一人だけ出してくれぬか」

「わしが戻る、道案内を務める」

藤之助の言葉に父親の良作が自ら志願した。

「まず怪我の治療を受けよ。それから出立致そう」

「座光寺様、同行はだれに致しますか」

「人数が多いと相手を刺激しよう。ここは一人で参ろう。治平どの、そなたらは湊外れに防御線を張って湊に百地らを入れぬ算段とヘダ号を乗っ取られぬ策を講じてくれぬか」

「承知しました」

滝口治平が直《す》ぐに藤之助の案を受け入れた。

治平は江戸丸で長崎に同道して以来、藤之助の遣《や》り方をとくと承知していた。

「それがしを加えてもらえぬか。迷惑かな」

栄次郎が藤之助に遠慮げに言葉をかけた。

「なんとも心強い味方かな」

これで二人だけの救出隊が編成された。

藤之助は筒袖の上着を脱ぐと、スミス・アンド・ウエッソン社製三十二口径リボルバーの輪胴《シリンダー》に全弾装填《そうてん》し、革鞘《ホルダー》に入れた。

その様子を孫兵衛が目を丸くして見詰めていた。

革鞘のリボルバーを脇の下に密着するように革紐《かわひも》を調整して吊った。

ぴたり
と銃が収まり、筒袖の上着を着直し、腰に藤源次助真《とうげんじすけざね》だけを差した。

その間に千葉栄次郎も刀の柄《つか》に晒《さら》しを巻いて血で滑らぬ用心をしていた。

傷の治療を受けた道案内の良作もずぶ濡れの着物を乾いたものへと着替えて、新たに菅笠《すげがさ》と蓑を着けていた。

藤之助と栄次郎も笠と蓑を身に着けた。

「この風雨だ、明かりは持参しても直ぐに消えよう」

と藤之助は明かりの携帯を諦《あきら》めた。

「お願い申します」

と神津島の長老が二人に願った。

「承知した」

藤之助は最後に治平と目で言葉を交わした。

もし藤之助らが百地光太夫の一味を見逃したとしても、湊には逃亡を図る流人を一人も入れぬ、と治平の目がその決意を伝えていた。

「案内を願う」

藤之助が良作にそう言うとぺこりと頭を下げた猟師が番屋から出ていき、二人が続いた。

風雨はさらに激しさを増していた。

藤之助は歩きながら湊に錨泊《びょうはく》するヘダ号を見た。

激しい嵐に備えて係留索を何本も打ったヘダ号の船体は大きく揺れていたが、それでも堂々とした姿で湊にあった。

良作は黙々と夜道を引き返し始め、その後に藤之助、最後に栄次郎と続いて湊外れを出た。

「阿波命神社までどれほどの道のりか」

風に抗して藤之助が聞いた。

「山道一里にございますよ」

闇夜のうえにこの風雨、二刻はかかろうかと藤之助は覚悟した。

良作の背を見ながらひたすら前進した。

およそ四半刻に一度良作は藤之助らがついてくるか振り返った。だが、二人は足取りも確かについてきていた。そのことを確かめた良作はまた前進を開始した。

神津島湊の番屋を出ておよそ一刻半、良作が山道に立ち止まった。するとそこに小さな鳥居があって自然石を積んだ石段が上に伸びているのが、神社からの松明の明かりでうっすらと見えた。

神津島の鎮守阿波命神社だった。

藤之助らが足を止めた山道からおよそ二十数間離れた高台に神社はあった。拝殿の軒下に松明の明かりが立てられて四方を照らしていたが、人の気配は感じられなかった。

「異なことが」

と栄次郎が洩らした。

「良作、われら、百地らと行き違ったということはないか」

「他には獣道《けものみち》じゃが、この闇夜に歩けるものではねえ」

良作がいきなり松明の灯された神社に向かって走り出した。

藤之助と栄次郎も続いた。

阿波命神社の拝殿の扉を押し開いて良作が飛び込んだ。行灯《あんどん》の明かりに飲み食いした跡が残されていたが、無人で人影はまったくない。

「そなたの家に戻ったのであろうか」

藤之助が聞いた。

呆然《ぼうぜん》としていた良作が考え込んでから、

「あやつら、船で湊に向かったかもしれぬ」

と叫んだ。

「流人が船を持っておるのか」

「いんや、三月《みつき》も前のことだ。返浜《かえすはま》に異国船の短艇が流れ着いたことがあった。ところがよ、わしが孫兵衛様に知らせる間に船が消えただ。そのときは、波で沖合に流されたと思うたが、百地らも短艇を見付けて、島の洞窟《どうくつ》に隠した後、時間をかけて修理をしたのかもしれぬ」

と推測を述べた。

「百地らが短艇を持っておるなれば、それで島抜けするであろう」

「お侍、あの船では本土までは無理だ」

「島から抜けたというのではないのだな」

と栄次郎が良作に質《ただ》した。

「あの船では本土に辿《たど》りつけまい。あやつら、湊に押し掛けておまえ様方の帆船を乗っ取るつもりかもしれねえ」

藤之助は今一度拝殿の飲み食いした跡を見て、

「栄次郎どの、ちと百地光太夫らを甘く見たかもしれぬ。湊に戻ろう」

と言うと栄次郎が頷いた。

三人は草鞋《わらじ》の紐を結び直し、良作が軒下で燃えている松明を手にした。

「おとき」

と叫んだ良作が阿波命神社の石段を駈《か》け下り、二人も続いた。

往路一刻半かかった山道を半分の時間で走破した三人は神津島湊を見下ろす高台の山道に達していた。

良作が神社で手にした松明は消えかかっていた。だが空はすでに朝の到来を告げて、湊の様子がうっすらと見えていた。

白浪の立つ中、ヘダ号は大きく揺れながらも神津島湊に停泊していた。

「間に合った」

藤之助が洩らしたとき、良作が、

「おときはどこへ行っただ」

と娘を案じる言葉を吐いた。

藤之助は外海を見た。

湊に向かって高波が次々に押し寄せ、風に波頭が引き千切《ちぎ》られて鈍色《にびいろ》の空に舞っているのが見えた。

「百地光太夫一味を乗せた異国の短艇は、未だ到着しておらぬということは、まさか」

「座光寺どの、波に呑まれたということか」

と栄次郎が質した。

「最初から短艇など光太夫の手になかったとしたら」

藤之助の呟《つぶや》きを聞いた良作が天上山を振り返った。そして、長い時間凝然《ぎょうぜん》と見ていたが、

「いんや、あやつらは海に出た」

と言い切った。

三人は再び嵐に荒れる海を見た。

「あぁっ、あそこを見て下され」

と良作が悲鳴を上げた。

高波に揉《も》まれながら櫂《かい》を揃《そろ》えて必死で神津島湊に向かう短艇が波間に見えた。

嵐に遭遇した異国帆船から海に落ちたか、船尾に繋いでいた綱が切れたか、満身創《まんしんそう》痍《い》の短艇ということが遠目にも分かった。

「驚きいった次第かな」

と栄次郎が洩らした。

短艇には十数人が乗り組み、手造りの櫂を揃えて湊に接近しようとしていた。そして、何人かは桶《おけ》で船底の海水を汲《く》み出していた。

「流人ながら豪胆な心意気かな」

藤之助は視線を転じた。未だ神津島湊の人々もヘダ号も百地らが海から接近していることに気付いていないように思えた。

「湊へ駈け下るぞ」

藤之助は先頭に立ち、明るくなった山道を走った。栄次郎が続き、最後に良作が従った。

「止まれ！」

誰何《すいか》の声が響いた、砲術方の宗田与助だった。

「与助どの、座光寺じゃ。流人らは海から短艇で湊に、いや、ヘダ号に近付こうとしておる！」

藤之助の大声の知らせに警備する宗田与助らが湊を振り返った。すると湊に入ろうとする短艇が波に大きく揉みしだかれて、海水を被《かぶ》った光景が目に入った。

「おときはどうした」

と番屋から出てきた孫兵衛が叫び返し、

「あやつらと一緒のようだ」

藤之助が答えていた。

「座光寺様、ヘダ号に乗り込ませてはなりませぬ」

滝口治平が叫んだ。

「われらもヘダ号に向かおうぞ」

藤之助の声に孫兵衛が、

「浜に上げた漁師船を出しますぞ」

と即座に応じた。

流人の島の長老の孫兵衛が男衆に命ずると、警護の中から数人の男たちが浜へ走っていった。

藤之助らも走った。

浜に上げられ、綱で結ばれていた漁師船に男衆が群がり、舫いを解《ほど》き、丸太《ころ》を船底の下に入れて荒れる海に押し出した。

藤之助らは引く波に合わせて漁師船を海に出すとそのまま飛び乗った。

漁師の他に乗り込んだのは藤之助、栄次郎、与助の三人だった。だが、そのとき、藤之助は船縁《ふなべり》を摑む手を見た。

振り落とされそうになる手を摑むと滝口治平が必死の形相で船に這《は》い上がってきた。

「ふーう、助かりました」

漁師船はヘダ号に向かった。

ヘダ号の船上でも異変に気付き、操舵場で副船頭の内藤東三郎が海の方角を見ていた。

「東三郎、流人どもはヘダ号を乗っ取るつもりじゃぞ！」

治平が叫び、東三郎がこちらを振り向くと銃剣付きシャープス騎兵銃を掲げて見せた。

「東三郎どの、島娘が人質になっておる。無暗《むやみ》に鉄砲は撃ってはならぬ」

藤之助が叫ぶと東三郎が百地らの短艇を見て、こちらを振り返り、分かったという風に騎兵銃をまた上下させた。

「この船をヘダ号の左舷に回してくれぬか」

と滝口治平が漁師に願い、直ぐに舳先が回された。

藤之助は菅笠と蓑をとり、身軽になった。そして、筒袖服の釦《ボタン》を外して上着の前を開いた。スミス・アンド・ウエッソン三十二口径リボルバーの銃把《じゅうは》を右手で触り、

(なんとしてもおときを助け出す)

とわが胸に言い聞かせた。

「藤之助様!」

声が響いて藤之助はヘダ号の船上に古舘光忠の姿を認めた。光忠も銃剣付きのシャープス騎兵銃を手にしてそれを振って見せた。

「一人たりともヘダ号に乗船させるでない」

「承知 仕《つかまつ》りましたぞ」

と落ち着いた応答を返した光忠の姿が左舷側に消えた。

わあっ!

という声が左舷側から響いて、百地光太夫らの短艇がヘダ号左舷に接舷した気配があった。

漁師船もようやくヘダ号の船尾を回り込み、左舷側に出た。すると短艇から何本もの鉤縄《かぎなわ》がヘダ号へと投げられ、それを伝って流人たちが這い上ろうとしていた。それを甲板上から銃剣で東三郎らが阻止しようとしていた。しかし、多勢《たぜい》に無勢《ぶぜい》だ。

「百地光太夫はおるか」

漁師船の舳先に立った藤之助が大声を発すると、

「おおっ」

と怒号する声がして短艇の真ん中に巨漢が立ち上がった。

その手には猟師鉄砲があって火縄が風雨に濡れぬよう油紙で包んで守っていた。そして、その足元におときと思える娘が青い顔でへたり込んでいた。

「ヘダ号には警護の者もおる。そなたらの企みはすでに破れたと思え」

「うるさいわ、帆船を乗っ取り、島を離れる」

猟師鉄砲を藤之助に突き出した。

短艇と漁師船の間には十数間の荒れる海があって、二艘の船とともに上下に激しく揺れていた。

「百地、火縄などこの嵐の中では無駄なことだ。鉄砲を捨てよ」

「流人の執念を知らぬ者の戯言《たわごと》よ」

百地光太夫が火縄鉄砲の引き金に指を掛けた。

同時に藤之助が脇の下からスミス・アンド・ウエッソン三十二口径リボルバーを引き抜くと腕を伸ばして撃鉄を上げて引き金を絞った。

火縄鉄砲とリボルバー、新旧二挺の銃器が火を噴き、火縄鉄砲より初速の早いリボルバーの銃弾が百地光太夫の胸に、

ぽつん

と孔《あな》を開けて、巨体を短艇から波間に転落させた。

火縄から放たれた弾は、藤之助の頭上はるか上を飛び去った。

「抵抗する者は百地光太夫と同じ運命を辿ると思え」

藤之助の大声に、流人らの動きが止まった。

半刻後、番屋の仮牢に逃亡を試みた流人が収容された。番屋の土間には百地光太夫の亡骸《なきがら》が横たわっていた。荒れる湊の海から引き揚げられた亡骸だった。

おときは怪我もなく父親の良作の元に帰ることができた。

滝口治平と藤之助は番屋の前で吹き荒れる海の彼方《かなた》、西の空を見ていたがそちらに天候の回復を示す光を見てとった。

「相談役」

「ヘダ号の主船頭はそなたじゃぞ」

「荒天演習に出ますか」

「ヘダ号がなんぼの帆船か見てみようか」

首肯した治平が、

「総員、ヘダ号に乗船せよ。ただ今より荒天演習に出帆《しゅっぱん》致す！」

神津島湊に命が下り、番屋からヘダ号の水夫や軍艦操練所生らが飛び出してきた。

そして、ヘダ号上からも出船を告げるかのように喇叭の調べがりょうりょうと呼応して吹奏された。

第五章　待ち伏せ

一

烈風荒天の海を一艘《そう》の帆船が疾走していた。

ヘダ号だ。

前後檣《ぜんこうしよう》に張られた主帆と、舳先《へさき》に突き出した補助帆に風を受けて太平洋上から石廊《いろう》崎《ざき》に向かって北上していた。

神津島湊《こうづしまみなと》を出湊《しゆつそう》したヘダ号は、神津島沖からほぼ西に向い、沖乗り航法でおよそ十五里進み、そこから石廊崎に向かって東北に転進し、石廊崎の沖合に達すると神津島に向かって南下を続け、神津島沖に達すると再び舳先を西に向け直した。

一辺十里から十五里の、大きな三角形を描きながら、ヘダ号は操船演習を続けていた。

主船頭滝口治平《たきぐちじへい》、副船頭の内藤東三郎《ないとうとうざぶろう》の過酷な命によく耐えて、水夫《かこ》の長百次《ももじ》以下、古舘光忠《ふるたちみつただ》、田神助太郎《たがみすけたろう》、内村猪ノ助《うちむらいすけ》、そして、軍艦操練所生佐々木万之助《ささきまんのすけ》ら九名が一丸となって頑張った。それには軽業栄次郎《かるわざえいじろう》こと千葉周作《ちばしゅうさく》の次男栄次郎も加わっていた。

操舵場《そうだば》の命よろしきを得たヘダ号は、逆風の折もジグザグに進む間切り航法を使いながら目標に向かって進んだ。ために操帆作業が一回ごとに巧みになり、機敏さと的確性を増していた。

ヘダ号の針路によっては船足が恐ろしいほど上がり、今にも帆が千切《ちぎ》れそうなこともあった。

そんなとき、治平は船尾から綱《つな》に付けた捨索のような重しを海に流すことを命じて船体に抵抗をかけ、船足を落とした。

反対に逆風の時はヘダ号の舳先に激浪が打ちつけ、舳先を越えた波は甲板を洗ったが水密性の高いヘダ号は、船倉にさほど浸水することはなかった。それでも船底に淦《あか》水《みず》が溜《た》まった。それを船大工弁造《べんぞう》が工夫した揚水器を使い、全員で船外に汲《く》み出した。

治平は相談役の藤之助《とうのすけ》と話し合い、日没になっても湊に立ち寄ることなく大海原に三角形を描き続けることを命じた。

操舵場では荒れた天気が回復する予兆を感じていたからだ。

夜間の荒天航海は、複数の正針逆針の和磁石、羅針盤、時計、海図を最大限に利用して正確に三角形を描き続けた。

羅針盤や時計や海図は陣内嘉右衛門《じんないかえもん》がこれまで長崎などで異国船や阿蘭陀《オランダ》商館から買い集めてきたものだ。

それでも荒れた海だ。

さすがに炊き方も火を使うことはできない。そこで文吉《ぶんきち》は江戸を出る折から用意していた干し柿、餅《もち》、時に昆布を配って乗組員の空腹をまぎらすように心掛けた。もはやだれも炊き立ての飯を食べたいなどと無理を言う者もなく、固い餅を咀嚼《そしやく》して胃の腑《ふ》に入れ、体力を維持した。

航海は一昼夜を超えた。

夜明けが近づき、海が鎮まる様子を見せていた。

藤之助は操舵場を下りて舳先に移動した。

東の水平線に微《かす》かな光がはっきりと感じられた。

藤之助が操舵場に合図を送った。それを受けた主船頭の治平が、

「転進、方位丑寅《うしとら》。目標大島沖《おおしま》！」

と最後の転進と荒天演習の終わりを告げた。

だれもが、

「大島沖」

と聞いて荒天三角航海が終わったことを感じとった。

操舵場にも、甲板に立ち続けてきた百次ら全員にも安堵《あんど》の表情があった。

ヘダ号は次第に波が鎮まる海を、大島を目指して進んでいた。

藤之助は潮風に濡れた髪を靡《なび》かせてゆく手を見ていた。

傍《かたわ》らに人の気配がした。千葉栄次郎だった。

「どうやら実戦演習は終わったようですね」

「栄次郎どの、航海は母港に戻り、縮帆《しゅくはん》し、碇《いかり》を下ろしてそのとき終わるものです」

「いかにもさようでした」

その返答ににっこりと笑った藤之助が、

「じゃが、此度《こたび》の実戦演習航海の峠は越え申した。よう頑張られたな、栄次郎どの」

「俗に陸《おか》に上がった河童《かっぱ》と申すが、それがしは海を知らずに生きてきたでくの坊にご

ざった」

「それが今や立派な水夫になられました」

「異国の者どもはかような航海を何ヵ月も続けた後にわが国を訪れるのですね」

「いかにもさようです」

藤之助は日が上る東の水平線を指した。

「この波濤《はとう》万里のところに清《しん》国の国土にも匹敵する大きさの亜米利加《アメリカ》国があるそうな。蒸気機関で動く艦船なれば、およそ十八日の航海で江戸湾口に到達するそうです」

「十八日も陸影を見ることなく航海してくるのですか」

「栄次郎どの、嘉永《かえい》六年（一八五三）六月に浦賀《うらが》沖に姿を見せたペリー提督の亜米利加国東インド艦隊は、この東から来たのではない。彼らは亜米利加の東海岸ノーフォーク湊を前年の十一月に出て大西洋を横切り、マディラ諸島に立ち寄り、阿弗利加《アフリカ》大陸の西海岸を南下、喜望峰《きぼうほう》なる岬を回ってインド洋に出た。そこでモーリシャス島に寄港して態勢を整え直し、インド洋を切り上がり、セイロン島、新嘉坡《シンガポール》を経て香港《ホンコン》に立ち寄り、上海《シャンハイ》、那覇《なは》、さらには小笠原《おがさわら》諸島を回りながら、江戸湾浦賀沖に到着しております。この地球を四分の三周もし、片道航海だけで約八ヵ月も要したそうな」

藤之助の説明に栄次郎が呆然《ぼうぜん》と見た。

「なぜそのような遠回りをしたのですか。そうか、われらと同じような演習航海ですかね」

藤之助が顔を横に振った。

「自走砲艦は蒸気機関を動かすために石炭を必要とします。それも大きな船を動かすためには膨大な石炭と水が要《い》るのです、むろん大艦隊には何百人もの人間が乗船しています、食べ物の消費も尋常ではない。新興国亜米利加は、この太平洋に石炭、水、食べ物の補給地を持っていないのです。そこで旧宗主国の英吉利《イギリス》の補給地を借りうけて長の航海をしてきたのです」

「すると交渉の折、黒船艦隊が十八日でこの大海原を渡ってこられると大言壮語したのは虚言でしたか」

「これも外交交渉の駆け引きでしょう。ペリー提督がかれらが望めば十八日の後に応援の東インド艦隊が江戸湾に入ることができると申したのは、彼らの願いが込められた言葉なのです。大艦隊が遠征するには補給地の確立がなければなりません。彼らは徳川《とくがわ》幕府に切実にこのことを願っている。軍事大国英吉利の東インド艦隊と張り合うためにね」

「そうか、列強が我が国に開港を迫るのはそれがためですか」

「開港、交易の先陣争いは、列強各国の版図《はんと》を広げる競争に過ぎませぬ」

ふーう
と栄次郎が大きな息を吐いた。

「もはや剣術一筋などということは許されぬ時代であろうか」

この航海中、何度目の自問だろう。

「いえ、人の生き方は様々でございましょう。それがしも伊那谷《いなだに》に住み続けておったなれば、剣一筋の生き方を続け、なにも知らずして生を全《まっと》うしたかもしれません」

「だが、藤之助どのは、長崎を見、異国人と付き合い、清国、上海をわが眼で見られた。もはや後戻りはできますまい」

「最初はそれがしの意志ではなかった。それは栄次郎どのとて同じことにござろう」

と応じた藤之助が、

「栄次郎どの、お玉ヶ池に戻られて再び剣一筋の暮らしに戻られますか」

「そう願うておる」

と即答した栄次郎が長いこと行く手の水平線を凝視していたが、

「だが、ヘダ号に乗船する前の気持ちには戻れまい」

と呟《つぶや》いた。

「われら、天命に従い、生きていくしかございますまい」

「藤之助どのは明日が見えておられるか」

と栄次郎が藤之助を振り見た。

藤之助は急に穏やかになった海に視線を預けていたが、顔を横[illegible]た。

「明日が見えぬゆえ、もがいておるのかもしれません」

「ほう、座光寺《ざこうじ》藤之助どのすら、もがいておられるか」

「はい。もがき、迷うており申す」

藤之助は正直な気持ちを北辰一刀流《ほくしんいっとうりゅう》の天才剣士に吐露した。

「安心致した」

二人の背から飯を炊く匂いがしてきた。文吉が久しぶりに火を使い、朝餉《あさげ》の仕[illegible]する匂いだった。その匂いが荒天演習航海を果たし終えた全員に、

「生きてあること」

を、

「使命を全うしたこと」

を意識させた。

文吉を古舘光忠らが手伝い、甲板に七輪がいくつも持ち出され、味噌汁を作る組、干物を焼く組と働き始めていた。

「これほど清々《すがすが》しい気持ちをこれまで感じたことがあろうか」

栄次郎の頬《ほお》が殺《そ》げた顔に笑みが浮かんだ。無精髭《ぶしょうひげ》が航海の悪戦苦闘を物語っていた。

「明日からどう生きるか湊で錨を下ろすまでの宿題にござろう」

「そのためには湊に着かねばなりません。航海ではなにが起こるか知れませんかね」

と藤之助が答えたとき、

「朝餉ですぞ！」

という文吉の誇らしげな声がヘダ号甲板に響き渡った。

操舵場に東三郎と与助《よすけ》が残って操船に携《たずさ》わり、他の者は甲板に車ての朝餉となった。

炊立ての飯に若布《わかめ》の味噌汁、鯵《あじ》の干物に大根の古漬け、それ海の珍味以上に美味であった。

「飯がかように甘いとはそれがし知りませんでした」

佐々木万之助が感慨深げに言った。

佐々木家は直参《じきさん》旗本七百二十石御腰物《おこしもの》奉行であり、万之助は嫡男であったから、屋敷では上げ膳据《す》え膳の若様であったろう。それが講武所《こうぶしょ》軍艦操練所に入り、いきなりヘダ号の航海に連れ出されて、十数日の演習をなんとか乗り越えようとしていた。

十数日にわたる演習航海と一昼夜以上の荒天航海を遂行した達成感が自信と誇りに満ちた顔に変えていた。万之助のみならず厳しい航海を経てきた者のみが感じる米飯の甘さだった。

「そなたらにこれからどのような道が待っておるかは知らぬ。じゃが、このヘダ号での実戦演習航海は一生の思い出、貴重な体験になろう。主船頭の滝口治平方に感謝することだな」

と藤之助が言うと、箸《はし》を止めた全員が、

「主船頭ご苦労にございました」

と声を揃《そろ》えて礼を述べた。

「この航海が後々そなた様方の役に立つとよろしいですな」

治平も素直に応じると操船を代わるために立ち上がり、東三郎、与助と操船を担当していた二人が飯の場に加わった。

同時に飯を食い終えた者たちが後片付けにきびきびとした動作で入った。

舵輪を握った治平の命で遠目の利く弁造が前檣の上に登らされ、辺りの海を望遠した。

天気は回復していたが伊豆半島も大島も海霧に包まれて隠れていた。

どーん!

という砲声が海霧の向こうから伝わって聞こえた。

朝餉を食していた東三郎が帆柱を見上げて、

「弁造、砲撃音を確かめよ」

と命じた。

弁造は腰に携帯していた遠眼鏡《とおめがね》で砲声のした方角を探っていたが、

「二艘の船が、いや、二艘の網代帆《あじろほ》が一隻《せき》の帆船を追走しながら、大砲を撃ちかけておりますぞ!」

と叫んだ。

「和船か、異国の帆船か」

藤之助が帆柱上に叫んだ。

「相談役、海霧のせいでよう船を確かめることができませぬ。ヘダ号より五、六里は離れておるようです」

弁造の報告を受けた滝口治平が藤之助を見た。

「主船頭、海戦の場に急行致そう」

藤之助の命に操舵場に急ぎ戻ってきた与助が喇叭《らっぱ》を吹き鳴らした後、

「総員配備」

を告げた。そして、

「砲甲板左右両舷《りょうげん》、一番砲、二番砲、三番砲、四番砲、砲撃準備」

を命じて自らも操舵場から砲甲板へと下りていった。

ヘダ号の船足が上がり、帆柱上の弁造の指示で海戦の場へと急行した。

上甲板上から急に人影が消え、炊き方の文吉が甲板に散らかった食器を片付けて、箒《ほうき》で掃《は》いていた。戦いになれば上甲板をどう利用するかも大事なことだった。

「相談役、主船頭、二艘は唐人船《ジャンク》ですぞ！」

と弁造が叫び、

「逃げる帆船も大砲で迎撃しておる様子です！」

と言い足した。

藤之助は舳先に向かうと三挺鉄砲の覆《おお》い屋根を外し、五十発の一インチ弾を装塡《そうてん》した大型輪胴《シリンダー》を装弾孔の上に設置した。
藤之助は顔を上げた。そのとき、前方の海を覆う霧が、
すうっ
と流れて天上から朝日が差し込んできた。
二、三里先の海上を一艘の帆船がジグザグに逃走を図りながらも、砲撃をしようとしていた。
「なんと」

と藤之助は絶句した。

逃走する帆船は、船尾に小帆艇《しょうはんてい》のレイナ号を曳航《えいこう》した長崎会所《かいしょ》のクンチ号だ。そして、クンチ号を追い詰めるのは網代帆を張った巨船、黒蛇頭《くろじゃとう》の老陳《ろうちん》の鳥船《とりぶね》と随伴船《ずいはんせん》だ。

再び海霧が視界を閉ざした。

藤之助は舳先から操舵場に走り、滝口治平に報告した。

「船影から見て鳥船とは思うておりましたが、座光寺様の宿敵の鳥船でございましたか」

「クンチ号との距離は半里とはあるまい」

「座光寺様、われらヘダ号は鳥船の後ろに回り込みますぞ」

「よかろう」

藤之助はその足で砲甲板に下りると、砲術方の与助に三艘の船の身元を告げた。

「主船頭は鳥船の後ろから回り込むと申されておる」

「座光寺様、われら、左右両舷《りょうげん》どちらからでも砲撃できる態勢を整えました」

「頼んだ」

藤之助は再び上甲板の三挺鉄砲の台座に上がった。

ヘダ号が転進して帆がばたばたと鳴り、一旦《いったん》弱まった船足が最大船速に戻った。

どーんどーん！

大砲の音が響いてきた。

(クンチ号、頑張れよ)

それにしても玲奈《れいな》はどうしておるか。

ヘダ号は海霧に閉ざされた海で大きく取舵《とりかじ》一杯に旋回を始めていた。

どーん！

とふたたび砲撃の音が響き、その音に払われたか、海霧が晴れていった。

半里先に老陳の鳥船に随伴する網代船が見えた。

唐人船はクンチ号の追跡に神経を集中しているのか、後ろから接近するヘダ号に未《いま》だ気付いていなかった。

半里が十数丁に縮まった。

すでに唐人船の船上に人影が認められた。その一人がヘダ号の接近に気付き、じいっと見ていたが、高櫓《たかやぐら》に報告した。すると望遠鏡の筒先がこちらに向けられた。

喚《わめ》き合う唐人たちが慌《あわ》てて高櫓から甲板に下りていくのが見えた。

さらにヘダ号と鳥船の随伴船との距離が縮まった。船尾から鉄砲がヘダ号へと向けられていた。

鳥船も随伴船の向こうに見えたが、クンチ号の船影は望めなかった。

随伴船との距離が三、四丁に迫った。

随伴船からライフルが撃ちかけられたが、波に揺れる船上のこと、銃弾はヘダ号の上を飛び去っていった。

ヘダ号は随伴船の船尾三丁に接近した。

藤之助はジャンク船の船尾の喫水部に三挺鉄砲の狙いを定めた。銃床を肩で安定させると引き金に指をかけて絞った。

タンタンターン！

一インチ弾が糸を引いてジャンク船の喫水部近くに集弾した。三発の一インチ弾が網代船の船尾を破壊して亀裂を走らせた。

高櫓から船頭が船尾を覗《のぞ》いていたが、悲鳴を上げ、何事か叫んだ。

大方、浸水を止めろとでも水夫らに命じたのか。

鳥船に随伴するジャンク船の船足が急に止まった。

その傍らをヘダ号がすり抜けていったが反撃の銃声は起こらなかった。今やジャンク船は浸水を止める作業に慌てふためいていた。

二

藤之助の視界に大きな鳥船が飛び込んできた。巨船が順風を網代帆に受けて早い船足で進んでいた。

一方、クンチ号は船尾に小帆艇レイナ号を曳《ひ》いているために思うように船足が上がらず、黒蛇頭の首魁《しゅかい》老陳を乗せた鳥船に段々と追い詰められていた。それでも右に左に方向を変えながら、なんとか鳥船を振り切り、大砲の射程外へ逃れようとしていた。

藤之助は、クンチ号の甲板に人影が動くのを波間に見た。

船尾に曳いていたレイナ号を船尾から船縁《ふなべり》に引き寄せ、玲奈が船腹に垂らされた縄《なわ》梯子《ばしご》を伝い、小帆艇に乗り移ろうと試みていた。

レイナ号を離してクンチ号を身軽にするとともに、レイナ号からも反撃を加えようと策してのことかと思われた。

だが、波は大きくうねり、クンチ号の何倍も大きな鳥船に煽《あお》られて船体が上下左右に揺れ、そのせいで縄梯子が激しく揺れて白い衣装を着た玲奈の体が大きく翻《ひるがえ》った。それでも必死に縄梯子にしがみついていた。

鳥船がクンチ号と並びかけ、巨船の上甲板から一門の砲口が突き出された。クンチ号と鳥船では甲板の高さが違った。だが、砲架をどう工夫したか、砲口が並行して走るクンチ号を捉えていた。

二艘が並走するせいで波が複雑な流れを生み出し、クンチ号が上下に揺さぶられ、ために鳥船の大砲も狙いが定まらなかった。

藤之助は波の上で大きく振られる玲奈に、

(玲奈、今しばしの辛抱ぞ)

と胸の中で話しかけ、三挺鉄砲の狙いを高みから覆いかぶさるような砲撃態勢をとる鳥船の上甲板に定めた。

距離はおよそ二、三丁か。

クンチ号が大きな波頭に乗せられて虚空に跳ね上がり船底を見せ、鳥船の砲口がぴたりと合った。

その瞬間、藤之助の引き金にかかった指が絞り上げられ、長崎の時計師御幡《おはた》儀右衛《ぎえ》門《もん》が心魂を込めて創意工夫した三挺鉄砲の銃口から一インチ弾が尾を引くように鳥船の上甲板に伸びていった。

タンタンターン。

伊豆諸島の海上に再び三挺鉄砲の軽やかな銃声が響いて、上甲板で大砲を放とうとした船縁にあたり、砲撃が一瞬阻止された。

鳥船がヘダ号の銃撃に気付いて、右舷側へと面舵《おもかじ》を切った。

クンチ号はこの時を逃さず取舵を切ると左舷側へと逃れた。

二艘の船の間に割り込んだのは滝口冶平が操船するヘダ号だ。

藤之助は三挺鉄砲の銃座を回して逃れようとする鳥船に狙いを定めようとしたが並走したためにもはや不可能だった。

がたん！

砲門の扉が開かれて、右舷側の一番砲と二番砲、二門のアームストロング砲が突き出され、

「一番砲、二番砲、砲撃！」

と与助の凛然《りんぜん》とした命が響き、
ずずーん！

と続けざまに二発の四十ポンド砲が黒蛇頭の巨船の上甲板と船腹に突き刺さるように消えた。

うおおっ！

という怒号が砲甲板から起こった。

右舷側の二門を放ったヘダ号は鳥船の射程から逃れようと左舷へと舵を切った。ようやく態勢を整えた鳥船から反撃の砲撃が響きわたったが、慌てて砲撃をしたせいでヘダ号を大きく越えて、飛び去っていった。

帆柱の上から弁造の、

「鳥船、転進、随伴船の救助に向かう様子！」

との声が降ってきた。その声は砲甲板にも届いて、
うわわっ！

と叫びながらアームストロング砲の砲撃に加わった百次らや、古舘光忠、軍艦操練所生らが上甲板に飛び出してきた。そして、転進した鳥船を見ながら、初めての海戦の勝利の余韻《よいん》に浸《ひた》った。操練所生の中には躍り上がって喜びを表現する者もいた。

藤之助は、脇の下のスミス・アンド・ウエッソン三十二口径リボルバーの銃口を空に向けると、

パンパーン

と二発放ち、上甲板で興奮する面々の注意を引きつけると、

「初陣《ういじん》勝利、祝着至極《しゅうちゃくしごく》に存ずる！」

と祝意を述べた。

それに応えて佐々木万之助ら操練所生の若武者が再び躍り上がった。

「じゃが、海戦は終わったわけではない。まず長崎会所のクンチ号の無事を確かめてから喜べ」

と全員の気を引き締めた。

「おおっ！」

と全員が答え、藤之助は視線をクンチ号が逃れた南の海に転じた。するとクンチ号から白い三角帆を広げた小帆艇レイナ号が離れて、ヘダ号へと舳先を向けたのが分か

った。

ヘダ号からも縄梯子が下ろされた。

藤之助が三挺鉄砲の台座から飛び降りると縄梯子に走り、船縁を飛び越えると縄梯子をするすると猿《ましら》のように下りた。

「相談役は巨軀《きよく》の持ち主じゃがなんとも身軽じゃな」

万之助が感心して藤之助の動きを見詰めた。

「座光寺様は、剣術の達人、走る船から縄梯子にぶら下がっておりられるくらい朝飯前であろう」

と氏家《うじいえ》が言い、

「万之助、それよりあの女子《おなご》を見よ、異人の女ではないか。一人で小帆艇を操り、ヘダ号に近づいてくるぞ」

おおっ
と驚きの声を発した万之助が、

「白い異人の衣装に鍔広《つばびろ》帽子がなんとも似合いの女子じゃな、いかにも異人の女かもしれぬ」

「ヘダ号に礼に参ったのか」

「さあてな」

と長崎町年寄《まちどしより》の高島《たかしま》家の孫娘の玲奈を初めて見る面々があれこれと言い合った。

ヘダ号の上甲板から乗組員が注視する中、レイナ号がヘダ号に接近して並走に移った。

その瞬間、ヘダ号の船腹を蹴った藤之助が小帆艇へと飛び移った。

「相談役の知り合いか」

「さあて」

ヘダ号の上甲板の面々が身を乗り出していると、レイナ号の船尾に座して小帆艇を操る玲奈が舵《かじ》をすいっと切ってヘダ号から離れさせると舵棒を綱で結んで固定させた。そうしておいて船尾から立ち上がると帆柱の傍《かたわ》らに立つ藤之助の胸の中に飛び込んでいった。

「藤之助、あなたはクンチ号の救いの神様よ」

玲奈の唇《くちびる》が藤之助の唇に重ねられた。

藤之助は潮の香りといっしょに芳《かぐわ》しい玲奈の匂いを受け入れた。

狂おしい口付けが数瞬続き、玲奈が藤之助の首に巻いた手の力を緩《ゆる》めた。

「玲奈、それがし一人が援軍ではないぞ。江戸丸《えどまる》の主船頭であった滝口治平どのがへダ号を操船指揮しておられる、礼を申せ」

玲奈が片腕を藤之助の腰に巻き、もう一方の手を大きく振ってヘダ号の操舵場へ顔を向けた。

「玲奈様、ご機嫌いかがにございますな」

「主船頭、和船から洋式帆船に鞍替えなされましたか」

「これも時代の流れにございますよ」

「主船頭、長崎会所を代表してクンチ号を救ってくれたお礼を申します。滝口治平様には借りができました」

「借りなれば座光寺相談役にたっぷりとお返し下されよ」

「主船頭に言われるまでもございません」

と言葉を返した玲奈が藤之助の唇を奪った。

藤之助は玲奈に軽く応えると、船尾に飛んで舵棒を結んだ綱を解《ほど》き、ヘダ号から半里の海上に逃れていたクンチ号に舳先を向けた。

「魂消《たまげ》た。異人の女はあのようにも大胆なものか」

「ああ、大胆じゃと厭《いや》らしさなど感じぬな」

「それにしても顔の白い美形じゃぞ」

と言い合った操練所生らの一人が傍らに立つ古舘光忠に、

「あの女、だれにございますな」

と聞いた。

苦笑いで応じた光忠が、

「さぞ驚かれたことでしょう。主《あるじ》が長崎時代に世話になった長崎町年寄高島了悦《りょうえつ》様の孫娘の玲奈様です」

「異人ではないのですか」

「よくは存じませぬが父御が阿蘭陀商館に勤務しておられたお方とか」

「おお、それであのように肌が白いのか」

万之助が得心したように頷《うなず》いた。

「おれ、やっぱり長崎伝習所に入るのであったな。講武所の軍艦操練所にはあのような女子はおらぬからな」

「佐々木様、玲奈様を侮《あなど》ると大変な目に遭《あ》いまするぞ」

「ほう、どういうことか」

「見てのとおり帆船の扱いはお手のもの、射撃、乗馬、異国の言葉となんでもござれの玲奈様です」

「下手に手出しはできぬと申されるか」

「さてそこまではそれがし存じませぬ」

「古舘どの、そなたの主と玲奈様はどのような関わりか」

万之助の興味は尽きないようで光忠へ追及が続いた。

光忠は上海を知る藤之助が一緒した相手が玲奈と推測していた。だが、

「わが主どのか、玲奈様に直《じか》にお尋《たず》ね下され」

「聞いても失礼ではないかのう」

「さてそれは、笑い飛ばされるか、玲奈様に連発短銃の銃口を向けられるか、それがし、判断も付きませせぬ」

「間近で会うてみたいものじゃ」

と万之助が呟き、レイナ号を見やった。

その時、緑の小帆艇はクンチ号とヘダ号のちょうど中間付近の海上をクンチ号に向かって疾走していた。

藤之助は玲奈が船室から持ち出した赤葡萄酒《ティント》の栓を抜き、ぎやまんのグラスに注いだところだった。

「ひと仕事終えた後のティント、さぞ美味であろう」

藤之助はグラスを静かに揺すると神秘の赤を湛《たた》えた酒精《アルコール》がゆったりとたゆたい、鼻腔《びこう》に独特の香りが漂ってきた。

静かに啜《すす》ると舌先で転がし、喉《のど》に落とした。

「うまい」

玲奈がグラスを取ると一旦《いったん》酒を口に含み、唇を藤之助の唇に付けるとその酒を藤之助の口へと移した。

「どちらが美味《おい》しい」

「ティントはティントと申したいが玲奈の味が加わった酒には敵《かな》わぬな」

「藤之助、段々《だんだん》口が上手になるわね。そなたには女房がおることを忘れないで」

「忘れるものか」

二人は何度目かの抱擁《ほうよう》を交わした。

「それにしても座光寺藤之助、神出鬼没にござるな。あの帆船、どこで手に入れられたな」

長崎会所の町年寄の孫娘は、武家言葉に茶化して聞いた。

「長崎に造船を学びに行っておる上田寅吉《うえだとらきち》どのを覚えておるか」

「むろんよく承知よ」

「寅吉どのが故郷の豆州戸田湊《ずしゅうへだ》で初めて洋式帆船の造船に携わった折に造られた帆船があの船よ」

「ディアナ号沈没騒ぎのあと、おろしゃ人たちが帰国するために造った帆船が未だ日本にあったの」

「むろんおろしゃ人を乗せて故国に向かったのだ。じゃが、幕府との間で帰国の後は我が国に戻すと約定《やくじょう》があったとか。ヘダ号はアムール河の港で大きく改装が行われて、約定どおりに送り返されたのだ。そのヘダ号が何ヵ月も使われることなく下田湊の入江に繋がれたままであったのを陣内嘉右衛門様が見付けられ、名目上は講武所軍艦操練所の訓練船に加えるということで、火急の場合の船として使えるよう策を講じられた。そのために滝口冶平ら江戸丸の主船頭方をヘダ号に引き抜かれたのだ」

「藤之助が自由に乗り回せる帆船を持ったということ」

「陣内様はそれがしに一隻だけの艦隊の司令官になれと申されたが、幕府への気兼ねもある。相談役として乗り組むことになり、此度が初航海であった」

「藤之助、油断したわ。そこを老陳に突かれた。あなた方が助けに現れなければ、今頃伊豆の海に沈んでいたわ」

「なぜ老陳の鳥船が江戸湾外まで現れおったな」

今度は藤之助が質問した。

「クンチ号に二千五百挺のミニエー・ライフルと実弾を積載して東国のさる大名家に売り込みに行ったことを藤之助は承知ね」

「下田湊で聞かされたでな」

「私どもが売り込みを図った大名家は長崎で会所の他に老陳一味にも武器の買い入れを申し入れていたと思って。老陳が鳥船に積んできたのは独逸《ドイツ》製のヤーゲル銃で、この銃、命中精度がよくないと評判の悪いライフルなの、八角銃身で着剣装置もない。このヤーゲル銃をミニエー・ライフルとほぼ同じ値段で売り払うつもりだったの。そこへ一日遅れで会所の鉄砲が到着した。銃の試射をやればどちらの性能がいいか、一目瞭然よ」

「老陳一味は商いに負けた恨みを晴らそうとしたのか」

「大名家所領の湊を出て数日はクンチ号も警戒を怠《おこた》ることなく長崎への帰路を辿《たど》っていたの。ただ、私たちは大島でどうしても会わねばならない人物がいた。そのことを老陳はどこで聞き込んだか、待ち伏せしていたってわけ。海霧に隠れていて接近されるまで気付かなかったのは、こちらの不覚だったわ」

レイナ号はクンチ号の左舷に接近し、藤之助が縮帆して玲奈が船腹に寄せた。

「太郎次《たろうじ》どの、ご機嫌はいかがかな」

「座光寺様、助かりましたぞ」

と長崎の江戸《えど》町惣町乙名《まちそうまちおとな》にしてクンチ号の総元締め役の椚田《くぬぎだ》太郎次が甲板から頭を下げた。

藤之助は縄梯子を上がるとクンチ号の船縁を飛び越えて甲板に立った。

「太郎次どの方の運がよかったというほかはない。われら、偶然にも実戦演習航海の途次にござってな、海戦が初めてという軍艦操練所生九人らを乗せた訓練船にございました」

「長崎海軍伝習所よりあとに出来た講武所軍艦操練所の若武者が先に海戦を経験されましたか。酒井栄五郎《さかいえいごろう》様や一柳聖次郎《ひとつやなぎせいじろう》様方が悔《くや》しがりましょうな」

と太郎次が笑った。

レイナ号を再び船尾に舫《もや》ったクンチ号は停船するヘダ号へと舳先を向けた。すでに老陳一味の鳥船と随伴船は視界から消えていた。

ヘダ号とクンチ号が舳先を並べるとヘダ号が一回り大きかった。それに造船方式が阿蘭陀海軍の伝統の技術を手本にしたクンチ号とおろしゃ海軍の技術で造船されたヘダ号ではだいぶ異なった。

それにしても二艘の造船に船大工の上田寅吉が関わっているのは奇妙な偶然か、それとも必然の結果か。

「太郎次どの、長崎に戻られたら上田寅吉どのにな、ヘダ号は大改装されて元気に活躍しておると伝えてくれぬか」

「承知しました」

「藤之助、今晩一緒に過ごせない」

「そなたらは大島に寄港するのじゃな」

「黄大人《こうたいじん》と大島の湊で再会することになっているの」

長崎の唐人屋敷の長老黄武尊《ぶそん》は下田湊までライスケン号に乗船していた。その後、黄大人は横浜に立ち寄った形跡を見せていた。

下田湊や箱館《はこだて》などの開港に伴い、長崎の交易独占権は失われようとしていた。長崎の唐人らの長老の黄武尊にとって、長崎の唐人らにどのようにこれからの道筋をつけるか、大きな課題に直面していた。その状況は長崎会所にとっても同じこと、長崎からクンチ号が来たのもその理由であった。

「黄大人と会えるのは楽しみな」

と応じた藤之助はクンチ号上からヘダ号の操舵場に向かって、

「主船頭、今宵《こよい》大島湊に寄港してよかろうか」

と願った。

「ヘダ号の長は座光寺藤之助様にございますぞ」

「ならば、大島に針路を取ってくれ」

藤之助の命に二艘の船がほぼ北へと針路を取った。

三

その夕暮れ、ヘダ号とクンチ号は舳先を並べて大島北端の乳《ち》ヶ崎《さき》と風早崎《かざはやさき》の間に緩やかな弧を描く浜の一角にある入江に停泊した。そこは外海からの波の影響を受けない天然の湊だった。

船上から見る浜には漁師の網小屋が散見されるばかりで集落は見えなかった。わずか数間の間を開けて二艘の帆船が並んでみると、ヘダ号の甲板が四、五尺ほど高かった。

ヘダ号の甲板に軍艦操練所生の万之助らが群がって初めて間近で見るクンチ号上の玲奈のふるまいを興味津々《しんしん》に注視し、操舵場から滝口治平が改めて、

「玲奈嬢様、相変わらずお元気な様子、祝着至極にございます」

と長崎会所の町年寄の孫娘に丁重な挨拶《あいさつ》を送った。

江戸と長崎を往来してきた治平にとっても玲奈の存在は格別だった。

「滝口主船頭、命拾いを致しました。玲奈からもお礼を申します」

といつもの口調にも似ずこちらも丁重な言葉遣《づか》いで謝辞を述べた。

「なんのことがありましょうか。玲奈様にお節介を致したのではございませんか」

「いえいえ、油断したところを老陳の鳥船に襲われ、反撃の機を見つけることなく豆州沖に命を落とすのかと覚悟したほどよ。三挺鉄砲の銃声を聞いたとき、夢かと思ったわ」

といつもの言葉遣いに戻した玲奈が傍らの藤之助に口付けをした。

わあっ
万之助らが玲奈の大胆な行動に驚きの声を上げた。

「あの女子、大胆不敵かな」

「いや、座光寺相談役とえらく親しいではないか」

「そなた、よだれが垂れておるぞ」

なにっ、と操練所生の一人が慌てて拳《こぶし》で口の端を拭《ぬぐ》い、

「騙《だま》したな、万之助」

「江戸で見たこともない顔立ちじゃぞ、体じゅうがぞくぞく致す」

佐々木万之助が洩《も》らしたとき、

「佐々木万之助、そなたらに紹介しよう」

玲奈の口付けに軽く応じた藤之助が、

「長崎町年寄高島了悦様の孫娘である」

との言葉に玲奈が片膝《かたひざ》を曲げて優雅に挨拶した。

万之助らは玲奈の美貌と挙動に圧倒されたか、言葉もなくただがくがくと頷いていた。続いて、

「玲奈、亡き千葉周作先生のご次男、千葉栄次郎どのじゃ」

とヘダ号の甲板の端に立つ栄次郎を藤之助が引き合わせた。

「高島家の一族に麗人ありと長崎帰りの者に噂を聞いたことがあったが、噂以上の美貌かな。それがし、千葉栄次郎にござる」

「千葉様、高島玲奈です」

と応じたとき、クンチ号から空砲が一発鳴らされた。

ヘダ号の者たちの視線も浜に向けられた。

砲声が尾を引いて消えようとするとき、浜の網小屋から荷を担いだ漁師ら数人の人影が現れて、浜に上げられていた漁《いさ》り舟《ぶね》に筵《むしろ》に包まれた荷がいくつも積み込まれた。

最後に一人の客が乗って漁り舟が海に押し出されて沖へと漕《こ》ぎ出されてきた。

袖《そで》なしに裁《た》っ着《つ》け袴《ばかま》のようなものを着た人物は和人の装いに身を変えていたが、遠目にも確かに黄武尊大人とわかった。

黄大人は下田湊で藤之助らと別れた後、ライスケン号から東国に向かうクンチ号に乗りかえて姿を消していた。

その後、クンチ号は開港の準備をする横浜《よこはま》に立ち寄った様子があったが、黄大人だけが密かに上陸していたか。

黄大人の顔がはっきりと見えるようになったとき、大人は和人を装っていた袖なしや裁っ着け袴、さらには小袖を脱ぎ捨て、唐人が好んで着る長衣に着替えた。

藤之助が手を振ると黄大人も笑みを浮かべた顔で応じた。その顔に疲れが見えた。

大人は髷《まげ》の元結びをぱらりと解いて髷をくずし、乱れた髪をくるくると器用に纏《まと》めると唐人帽を被《かぶ》って隠した。

「玲奈、大人は江戸に潜入しておられたか」

「横浜からどちらに参られたか、知らないわ。大人には長崎会所が知らぬ人脈があるもの」

横浜にはすでに唐人たちの姿があることを藤之助は見ていた。

幕府が認める認めないに拘らず、唐人たちは江戸の近くでの新たな唐人街建設に走っていた。その領袖《りょうしゅう》の一人が魯桃《ろとう》であり、黄武尊は魯とつながりを持っていた。

「黄大人らは長崎を出て、新たな活路を求めて東に拠点を造ろうと考えておられるのか」

「藤之助、それほど明らかな考えの下に動かれているのではないと思うわ。おそらくクンチ号に同乗して横浜に参られたのは、その可能性を探るためではないかしら」

と玲奈が応じたとき、漁り舟がクンチ号に接舷し、甲板から縄梯子が垂らされた。

そして、漁り舟から縄梯子に移った黄武尊大人がゆっくりと伝い登ってきた。

「黄大人、お手を貸して下され」

藤之助が黄武尊を助けてクンチ号の甲板に上げた。

「座光寺様、またお目にかかろうとは驚きにございますな」

と言う大人の表情にはさほど驚きがなかった。

漁り舟から黄大人の荷がクンチ号の船上へと上げられ、漁り舟は浜へと戻っていく。

「ちと失礼致す」

黄大人が荷と一緒に船室に下がった。

西空を真っ赤に染める壮大な夕暮れが静かに訪れていた。

クンチ号の甲板に酒席が設けられた。ヘダ号上でも夕餉《ゆうげ》の仕度《したく》が始まっていた。

「藤之助、一緒に会食をしないの」

玲奈は両船合同の宴《うたげ》を持ちかけていた。

藤之助は、若い軍艦操練所生の佐々木万之助らが長崎会所の所属船クンチ号の町衆のみならず、長崎滞在に限定されてるはずの黄大人らと同席することが、彼らの将来にどのような影響を及ぼすか考えた。

だが、新たな出会いと経験がきっと今置かれている複雑な時勢を整理する上での一助になろうと思い直し、ヘダ号に向かって、

「主船頭、玲奈どのが一緒に夕餉はどうかと申しておるがどうだな」

「座光寺様、ならばヘダ号とクンチ号の船縁を合わせましょうか。宴の場は両船甲板に設《しつら》えましょうぞ」

どちらかの船が一方の船を招くというのではなく、偶然にも湊に停泊した二艘が同じ刻限に夕餉を共にしたというかたちを提案した。

治平の提案に太郎次が即座に賛意を示して両船の間に広がる海が消えて舷側が合わされ、クンチ号から渡り板がヘダ号へと架けられた。

「相談役、そちらの船を見物してようございますか」

と万之助が願い、

「偶々《たまたま》隣り合わせに停泊した船に挨拶に出向くは礼儀であろう」

と許した。

万之助らがクンチ号の甲板へと賑《にぎ》やかにも飛び下りた。

玲奈は船室から赤葡萄酒《ティント》の瓶を運ばせてきて、藤之助と一緒にヘダ号に乗り移った。

「千葉様、初対面のご挨拶にございます」

玲奈がぎやまんのグラスを栄次郎に渡すと、心得た藤之助が赤葡萄酒を注いだ。

栄次郎は息が合った玲奈と藤之助の様子を、笑みを浮かべた顔で見ていた。

「南蛮の酒です、お試しあれ」

玲奈の言葉にグラスの酒精《アルコール》に栄次郎が注意を移した。玲奈も藤之助も赤葡萄酒を注いだグラスを手にした。

その様子をクンチ号の万之助らが、

「南蛮の酒は血の色をしておるぞ」

「なんとも綺麗な色じゃ」

と言い合った。

栄次郎が玲奈の父の国で産したティントを口に含み、直《す》ぐに喉へと落とし、首を傾げた。

「なんとも不思議な味わいかな。座光寺どの、馴染《なじ》みの酒とはだいぶ風味が違いますな」

藤之助は七年もののティントをグラスの中でゆったりと揺すり、酒精を馴染ませた。

「わが国で醸造される酒は米をもとにしておりますね、このティントは葡萄《ぶどう》の果液を絞って発酵させたものにございますそうな。ために灘伏見《なだふしみ》の上酒よりも香りが立ちます。そこで異人は何年も熟成させたティントの香りを鼻で味わい、さらに口に含んで舌先に転がして楽しみ、その後にようやく喉に落として胃の腑《ふ》で落ち着かせるのです」

「ほう、茶の湯と同じような作法がござったか。それがしのように直ぐに喉に流し込んでは外道酒、味が分からぬというわけか」

栄次郎がグラスの縁に鼻を付けて嗅《か》ぎ、

「ほう、これが南蛮の酒の香りな」

と改めて感心した。

「相談役」

万之助が遠慮げに呼びかけた。

「われらにもその南蛮の酒を味見させてもらえませぬか。われらが今後黒船の連中と付き合う機会に役に立ちましょうからな」

と万之助が言い出した。

「ほう、理屈を考えたな」

玲奈がまだ口を付けていないグラスを、

「一気に飲んではなりませんよ」

と若い万之助に与えようとした。

クンチ号の万之助はヘダ号の玲奈に直《じか》にグラスを差し出され、

「よ、よろしいのでございますか、玲奈様」

「別のグラスがようございますか」

「いえ、玲奈様手ずから頂戴してそれがし、光栄に御座候《ござそうろう》」

と両手で受け取った万之助が夕焼け空にグラスを翳《かざ》して、

「ふむふむ、ぎやまんの器もなかなかのものにございますな。異国の酒の色の鮮やかなこと、感服致しました」

と最前行った栄次郎の仕草を真似《まね》てティントの香りを嗅ぎ、

「ほういかにも芳しい香りが致す」

と得心するように頷いた。

「くんくんと野良犬が餌《えさ》を拾い食いするような仕草をしおって、万之助、なんぞ分かったか」

と仲間が万之助に聞いた。

「そなたら、せかすでない。最前千葉様が申されたであろうが。茶道の心得にも似た段取りがあるのを知らぬか」

「どうした、万之助」

と悠然と口に含むと急に顔を歪《ゆが》めた。

ううつ、と叫んだ万之助が船縁に走り、海に吐き出した。

「に、にがいぞ」

玲奈が笑い転げ、藤之助が、

「子供に飲ますのではなかったわ」

というと、

「万之助、それがしにも試させろ」

と仲間が万之助のグラスを奪い取り、順ぐりに少しずつティントを口に含んではあれこれと勝手な意見を言い合った。

クンチ号の甲板に黄大人が姿を再び見せ、甕割《かめわ》りの古酒と唐人料理が運ばれてきて異国の食べ物の香りが漂った。

講武所軍艦操練所に所属する訓練船のヘダ号の食事とは、クンチ号の料理は比較にならないほど豪華だった。それは長崎会所と唐人の財力によってのことだ。

「黄大人、江戸町惣町乙名、われらに長崎の唐人料理を馳走して下され」

と長崎で馴染んだ味を承知の滝口治平がクンチ号に乗り込んできて、クンチ号の甲板がさらに賑やかになった。

ヘダ号の主船頭滝口治平らはクンチ号の乗員とは顔見知りだ。

黄大人、玲奈、太郎次らと初対面なのは千葉栄次郎と佐々木万之助ら軍艦操練所生の面々だけだ。栄次郎も万之助らも若いだけに長崎や異国に対しての大いなる関心を持っていたから、直ぐに打ち解けて話が弾んだ。

宴の最中、藤之助は黄武尊と二人になる機会があった。

「大人、江戸に参られたか」

「残念ながら六郷《ろくごう》の東には行くことができなんだ」

黄武尊は陸路で江戸潜入を試みたか、そう言った。

「そなた、魯桃大人に会ったそうじゃな」

「陣内嘉右衛門様の供にて偶然にも会うことができました。魯大人は横浜に唐人街を造ろうと考えておられるのですね」

黄は頷くと、

「この数年内に交易の中心は長崎から横浜に移ることが確かめられた」

「幕府はそのことを認めようとはしておりませんぞ」

「座光寺どの、そなたが一番承知であろう。もはや幕府がどのように抗《あらが》おうと列強との交易は年々大きくなっていく。その時のために長崎のわれらも布石を打っておかねば乗り遅れる。いや、長崎の唐人はこれまでの権益に甘んじていたがゆえにすでに立ち遅れている」

と言外に長崎から横浜へ拠点を移すことを仄《ほの》めかした。

「座光寺どの、そなた、下田に近々行かれような」

と念を押した。

下田には亜米利加総領事館があり、タウンゼント・ハリスと通訳方のヒュースケンがいた。

「すべて陣内様の指示次第」

「ハリス総領事の江戸入りを巡って、岩瀬《いわせ》忠震《ただなり》様ら、もはや異人との面会も致し方なしという賛成派と、断固阻止するという川路聖謨《かわじとしあきら》様方の反対派が老中首座堀田《ほった》正睦《まさよし》様の下で激論を連日交わしておられて、決着がつく様子がない」

長崎の情報通は東国にきても健在だった。

「見通しが立たぬと申されますか」

黄大人の目がヘダ号に向けられた。

二人の周りには遠慮したか、話に加わる者はいなかった。

「ヘダ号は、おろしゃ人の指導で造船した帆船じゃそうな」

「おろしゃ人がディアナ号の難破沈没の後、幕府の許しを得て豆州戸田《へだ》湊で地元の船大工上田寅吉らの助けによって建造した帆船にございます。戸田湊ではおろしゃに戻るための最低限度の艤装《ぎそう》しかしておりませんでしたが、日本に返すにあたって大改装を施して返還してくれたのです」

「おろしゃもまたこの国に拠点を設けたいでな、幕府に飴玉《あめだま》を咥《くわ》えさせたのであろう」

「ところが幕府は下田湊外れに返還されたヘダ号をつなぎ取めたまま活用なさろうとはしなかった。陣内嘉右衛門様がそれを見て、講武所軍艦操練所の訓練補助艦として江戸に運んでこられたのです」

藤之助は正直にヘダ号の運命を語った。

「座光寺様はヘダ号の教授方ですかな」

「陣内様には腹案があるらしく、それがしをヘダ号の相談役に任じられました。ゆえにわれら操練所生を乗せて実戦演習航海に出たところにございます」

「陣内様がヘダ号と座光寺様に求められるのは訓練船としての役目ではございますまい。おそらくは堀田様の内命で異国に遣いに行ける帆船を手元に置いておきたかった、それが真意かと存ずる」

黄大人が老中首座の動きを読んだ。

「大人、近々ヘダ号になんぞ遣いが命じられると思われますか」

「最前申し上げたハリスの江戸入府に関して川路様方は武力を使っても阻止する構えです。となると座光寺様、そなたとヘダ号の出番が巡ってきます」

と黄大人が言い切った。

「お二人で内密の話なの」

と玲奈がティントを持ってきた。二人のグラスが空だったからだ。

「なんの内密の話などあろうか」

藤之助が玲奈の腰に手を回し、玲奈が体を藤之助に預けた。

「藤之助、だれが作った筒袖か、藤之助には似合わないわ」

「そなたが持たせてくれた長持《ながもち》に洋服があるが此度の航海には持参しなかったのだ」

と言い訳した藤之助が、

「玲奈、そなたらは明日にも長崎に戻るか」

「黄大人と再会を果たした。それに余りにも長崎を留守にし過ぎたわ。明朝、お別れよ」

と言った玲奈が、

「今宵はレイナ号で過ごさない」

「誘惑か」

「亭主を誘って悪いということはないわ」

二人の会話を黄武尊がもの静かな、笑みを浮かべた顔で聞いていた。

夜明け前、千葉栄次郎は刃と刃が鋭くぶつかり合う音に目を覚まし、ヘダ号の砲甲板から上甲板に上がった。

昨夜の宴は夜半近くまで続き、気が付いたとき、クンチ号の甲板上に酔い潰れた操練所生らがごろごろと横たわり、藤之助と玲奈の姿はなかった。

栄次郎の目に東空に走る光が飛び込んできた。そして、ヘダ号の上甲板に目を移すと、白い衣装の玲奈と藤之助が半身《はんみ》の姿勢で異人の剣を構え合い、丁々発止《ちょうちょうはっし》と突き合っての戦いを繰り広げていた。

「なんと」

栄次郎は上甲板の船縁に歩み寄った。ヘダ号の、クンチ号のあちらこちらで乗員が目覚めた気配があった。

戦いは栄次郎の間近で行われていた。

「なんだなんだ」

と眠りから覚めた佐々木万之助らが息を呑《の》んで黙り込んだ。

玲奈が右手を優美にも鋭く巧妙に遣いながら、四方八方にしなるサーベル剣の切っ先で藤之助を舳先へと追い込んだ。

藤之助は同時攻撃の錯覚に陥る玲奈の攻撃を後退しながらも玄妙にも受け止め、弾き返した。

(これが異人の剣さばきか)

栄次郎は思わず舷側《げんそく》を両手で摑《つか》んでいた。

だれもがヘダ号の甲板狭しと戦う二人の男女の動きに見惚《みと》れていた。

滝口冶平の目には玲奈と藤之助の攻防が阿蘭陀商館で見た男女の踊りのように見えた。生と死を交互に想起させて官能的でさえあった。剣さばきは一瞬たりとも緩んだところがない。お互いが相手を信頼し技を知り尽くしているからこそできる攻防だった。

藤之助がヘダ号の舳先に追い詰められた。

「おおっ、玲奈様はやりおるぞ」

クンチ号の甲板の一角からこの呟きが洩れた。

玲奈が、

ふうっ

と一瞬息を吐き、止《とど》めを刺す間《ま》を持った。それは剣術を会得した者だけが醸《かも》し出す間であり、感じ取れる間だった。

藤之助がその間を利して防御から攻めに転じた。

サーベル剣が藤之助の頭上から大きくしなりながら玲奈の乱れた髪を襲った。

あっ
と悲鳴を上げた者がいた。それほど鋭い反撃だった。だが、玲奈は半身の姿勢から後ろへと滑るように間合いを開くと同時に、迫りくるサーベル剣に自らのサーベルを絡めた。

火花が散った。

藤之助の反撃が始まり、玲奈が藤之助の重くも鋭い攻めに受けに回った。

さらに二つの剣が狭い空間で激しくもぶつかり合い、険しくも弾き飛ばし、その度《たび》に火花が散って緊迫の時の流れを生み出す。

ヘダ号の甲板中央に二人は戻っていた。

二つの剣が絡み合う度に二人の、上方に上げたもう一方の手が体の均衡を取るように動かされた。それが栄次郎にはなんとも面白く、異人の剣さばきの多彩玄妙な攻めと剣筋の鋭さの秘密かと思わせた。

二人の剣者が阿吽《あうん》の呼吸で剣を虚空からお互い相手の首筋に伸ばし合った。必殺の技と思えるほど十分に踏み込んでの攻撃だった。

見物のだれもが息を呑んだ。

次の瞬間、サーベルとサーベルが頭を持ち上げ、必殺の一撃を加え合う二匹の蛇のように絡み合い火花を散らすと、一方の剣がもう一方を虚空に跳ね上げ、海へと飛ばすと戦いは終結した。

素手となった玲奈の顔に朝日があたり、汗がきらきらと光った。

サーベルを構えた藤之助の手から剣が床に落ちて、二人が歩み寄ると抱擁を交わした。

「玲奈、また会う日まで」

「藤之助、いつ会えるの」

「それがしの胸の中にはいつもそなたがおるわ」

「言うようになったわね、藤之助」

二人の唇が重なり、ヘダ号の操舵場からりょうりょうと喇叭《らっぱ》が奏されていつもより遅い日課の始まりを告げた。そして、それはヘダ号とクンチ号の別れの合図でもあった。

「錨《いかり》を上げよ！」

「帆を張れ！」

と両船の主船頭が命じた。

藤之助は玲奈の誘惑を断ち切り、唇を放した。すると玲奈の両手が藤之助の首にかかり、

「亭主どの」

と呼んだ。

「嫁女、元気でな」

玲奈は藤之助から腕を名残りおしそうに解くとヘダ号の帆柱から垂れていた綱を摑み、一旦右舷へと走ると船縁を蹴って勢いをつけ左舷側のクンチ号に向い、白い衣装の裾《すそ》を靡《なび》かせて飛んだ。

動き出し始めたクンチ号の甲板に玲奈が着地するとヘダ号を振り返った。

玲奈は右手の指を唇に触れて、藤之助に投げた。藤之助も投げられた接吻《せっぷん》を受けると返した。

ヘダ号とクンチ号の帆が朝の風にばたばたと鳴り、ゆっくりと離れていった。

四

堀田備中守《びっちゅうのかみ》正睦の乗物が夜半四つ（午後十時）過ぎに神田川北側の水戸《みと》家上屋敷

を出た。老中首座にしては少ない供揃《ともぞろ》えだ。それが極秘の訪問であったことを予測させた。

乗物の傍らに従った座光寺藤之助は乗物に乗り込んだときの正睦の表情が険しいことを見てとっていた。

密かに開港策を推し進める堀田正睦と水戸斉昭《なりあき》の会談である。対面の場で激しい議論が展開されたことは想像に難くない。

安政《あんせい》期の幕閣は列強各国の砲艦外交にさらされ、外様雄藩の圧力もあって複雑な様相を呈していた。

ペリー提督の黒船艦隊が嘉永六年（一八五三）に来航した当時の幕閣は、老中首座の阿部正弘《あべまさひろ》、水戸の徳川斉昭らに薩摩《さつま》の島津斉彬《しまづなりあきら》らの外様大名が加わって運営されていた。それに対して権門意識を持つ江戸城内溜　間詰《たまりのまづめ》の譜代、家門の諸大名の間に強い不満が鬱積《うっせき》していた。

そんな折、水戸の斉昭の圧力で安政二年（一八五五）八月に溜間詰派の老中松平乗全《まつだいらのりやす》、松平忠優《ただます》の二人を罷免《ひめん》されたことに井伊直弼《いいなおすけ》が激怒し、政局は緊迫した。そこで阿部正弘は溜間詰派の堀田正睦に老中首座を譲って対立を緩和しようとした。

この堀田正睦には、

「西の長崎、東の佐倉《さくら》」

と評されるほどの蘭癖《らんぺき》があった。さらに幕藩体制立て直しのためには、先進列強の力さえ借りても遂行するという、

「野望」

があった。これがために堀田は溜間詰派からも疑惑の目で見られるようになり、また御三家水戸斉昭らを敵に回して、

「前門に虎を拒《ふせ》ぎ、後門に狼を進む」

の綱渡りを続けることになっていた。

さらに亜米利加を始めとする列強の要求は年々と激しさを増していた。

水道橋《すいどうばし》から昌平坂《しょうへいざか》へとひたひたと行列は進んだ。

一文字笠の下、藤之助は辺りに神経を尖《とが》らせて警戒していた。だが、不穏な気配は見えなかった。

昌平坂にさし掛かったとき、行列はもう一ヵ所立ち寄った。

外国との交渉の実務最高責任者林　大学頭《はやしだいがくのかみ》の屋敷である。

この時、林家の当主は初代羅山《らざん》から数えて十一代目の林復斎《ふくさい》であり、年齢は五十八であった。

復斎は述斎《じゆつさい》の四男として生まれ、昌平坂学問所の総教（塾頭）を務めていたが、兄の壮軒の突然の死により家督を継いでからわずか四ヵ月後にペリー提督との外交の矢面に立たされていた。

林大学頭は複雑で錯綜《さくそう》した幕府内の政治状況に鑑《かんが》みて、実に老練な外交手腕を見せていた。この大学頭の印象を亜米利加側は、

「中背で身嗜《みだしな》みがよく、厳粛でしかも控え目」

と昌平坂学問所の弟子でもあった配下の井戸《いど》対馬守覚弘《つしまのかみさとひろ》、伊沢美作守政義《いざわみまさかのかみまさよし》、鵜殿民部少輔《うどのみんぶのしよう》長鋭《ながとし》らを統率する威厳ある姿を書き残していた。

堀田正睦と林大学頭との会談はおよそ一刻ほどかかった。ために行列が林家の門を出たのは夜半九つ（午前零時）を回っていた。

神田川左岸の土手道を昌平橋に向かって黙々と進んだ。

座光寺藤之助の背後から足音がして、陣内嘉右衛門が姿を見せた。

この夜も正睦の懐《ふところがたな》刀は乗物で主の行列に従っていた。水戸家と林家の内談に同座したのは嘉右衛門ひとりだ。

藤之助は乗物を捨てた嘉右衛門と肩を並べ、正睦の傍らから離れた。

「ご苦労にございました」

しばし嘉右衛門から返事は戻ってこなかった。

懐に突っ込んであるスミス・アンド・ウエッソン三十二口径リボルバーの銃身が冷たく感じられた。堀田家の家臣に扮《ふん》して一文字笠に黒羽織、袴姿では脇下に革鞘《ホルダー》を吊《つ》ったところで直ぐに対応できないと思い、懐に剝《む》き出しのリボルバーを入れていた。

ヘダ号を使っての実戦を想定した演習航海を終えて佃島《つくだじま》沖に戻った藤之助は、しばらく講武所とお玉ヶ池の玄武館《げんぶかん》道場に通い、指導したり自らの稽古《けいこ》に励んだりという日々に戻っていた。

そんな一日、陣内嘉右衛門から呼び出しがかかり、本日の警護方を命ぜられた。

「過日の航海、どうであったな」

嘉右衛門が多忙ゆえ実戦演習航海の報告を藤之助は書面で堀田屋敷に提出していた。

「報告書はお読みになりましたか」

「その暇がのうてな」

嘉右衛門は手で項《うなじ》あたりを揉《も》んだ。

「砲撃訓練までこなしたか」

「荒天航海、昼夜沖乗り、砲撃訓練と一応の課程はこなしました」

「一応か」

「偶然にございますがいささか海戦も体験致しました」

嘉右衛門が藤之助を見た。

「大島南の海上で長崎会所のクンチ号が老陳一味の鳥船と随伴船に追われているところに遭遇致し、随伴帆船を三挺鉄砲で航行不能とし、鳥船は砲撃戦で先手をとって撃退致しました」

「ほほう、海戦で初陣を飾ったか」

沈んでいた嘉右衛門の声が急に元気を取り戻した。

「相手はクンチ号を追跡するのに神経を集中し、われらヘダ号が後方から接近するのに気付かなかったのでございます。相手の油断に乗じての勝ちにございます」

「勝ちは勝ちよ」

「陣内様、ヘダ号はあくまで訓練補助船にございます」

藤之助は嘉右衛門が過剰にヘダ号に期待をかけぬように釘を刺して牽制《けんせい》した。

「分かっておる。おろしゃが帰国するために造船した帆船、そう期待はしておらぬ」

「滝口主船頭をヘダ号に得たのは大きゅうございます」

「治平から砲架改装の届けが出ておる」

実戦演習航海の体験から不備であった帆装、艤装、砲撃装置などの改善点を藤之助と治平が話し合い、提出した改装届けだった。

「座光寺、ヘダ号を近々下田に回すことになるやもしれぬ、仕度をしておかれよ」

「たれぞ乗られますか」

「いや、人は乗せぬ。外海に出ることもあるまい」

と嘉右衛門は推測を語った。

「明日にも滝口治平どのに命じておきます」

行列の先手頭《さきてがしら》の声が響いた。

「何奴《なにやつ》か」

藤之助はその声を聞いたとき、走り出していた。

堀田の行列は屋敷に戻るために昌平橋を渡り、武家屋敷を抜けて鎌倉河岸《かまくらがし》の西側の神田橋御門から御城に接する譜代大名家が並ぶ界隈に入るのが道筋だ。

その昌平橋上に着流しの人影が立ち塞《ふさ》がっていた。

武士ではない、町人だ。

「道を空けよ」

と先手頭が叱声を発したが、懐手の相手は動く様子も見せなかった。

「そなたは何者か」

藤之助が言いかけると初めて人影の顔が動き、藤之助をじいっと見て、

「やはりいたか」

とうそぶいた。藤之助は知らぬ顔だが、相手は藤之助を承知のようだった。

「今夜は異な恰好《なり》でな、堀田様の行列に加わっておる」

と答えながら黒羽織を脱ぎ捨て、一文字笠の紐を解いて手にしたまま聞いた。

「一人でなにをしようというのか」

「老中首座堀田正睦の命、貰《もら》い受けた」

「ちと無謀かな」

藤之助は堀田正睦の乗物の周りを固めよと随行の家臣に命じた。数人が刀の柄《つか》に手をかけて走った。それを確かめた藤之助は、

「そなたの名を聞いておらぬな」

と問うた。
四、五間の空間があった。
「さしがねの弐七《にしち》」

「かげから人を操るさしがねが表に出たとは、どういうことだ」

すうっ、と弐七の懐手が抜かれた。その手に抜き身の匕首《あいくち》があって常夜灯に煌《きら》めき、手首が翻《ひるがえ》った。

藤之助も同時に手にしていた一文字笠を投げた。

匕首が一文字笠と絡んで神田川の流れに落ちた。

素手に戻った弐七の手が後ろの腰帯に回された。

匕首は藤之助を油断させるための牽制だ、と感じた藤之助も懐からスミス・アンド・ウエッソン三十二口径輪胴式連発短銃《リムファイヤーリボルバー》を引き出していた。

弐七の手にもドライゼ六連発リボルバーがあって腕をぐいっと突き出すように伸ばした。

わあっ！

と藤之助の背で驚きの声が響き、

「お駕籠《かご》に近付かせるでない」

という嘉右衛門の声がした。

藤之助は弐七が行列の警護陣を引き付け、二分させる役目であることを改めて思った。

二人は四、五間の間合でそれぞれがリボルバーを突き出して構え合っていた。

「座光寺、てめえの役目は終わった」

さしがねの弐七が昌平橋の欄干《らんかん》のほうへとゆっくり回り始めた。藤之助もその誘いに乗るように弐七の動きに合わせた。

背では撃剣の音が響きわたり、

「小窪《こくぼ》五右衛門《ごえもん》、槍で仕留めよ」

の命も聞こえた。

だが、藤之助は当面の敵、さしがねの弐七との対決に全神経を集中させていた。弐七は藤之助のことを探った上で短銃勝負に持ち込んだのだ。リボルバーの扱いに慣れていると見たほうがいい。

ゆるく左廻りの円を描く動きの中でどちらが先に引き金を引くか、一発目を外すことは負けを意味した、胆っ玉勝負だ。

弐七が欄干を背負おうとしていた。

藤之助の大きな体の向こうで堀田正睦の行列を刺客の一団が襲い、警護の家臣たちが必死の防御に回らされていた。

小者が持つ提灯《ちょうちん》の明かりが藤之助の背からちらちらと弐七の目に映った。弐七は明かりが藤之助の背に重なる瞬間を待つようにさらに左廻りに身を移動させようとして右足を橋の床板から上げた。

その瞬間、藤之助が、

「臆《おく》したか、さしがねの弐七」

と叫んだ。

弐七の指が独逸《ドイツ》で製造されたドライゼ六連発リボルバーの引き金を絞った。針打式の長い撃針が雷管を叩いて口径十一粍《ミリ》の銃弾が腔綫《こうせん》四条の捻《ひね》りを加えられて飛び出した。

左足一本で立った姿勢からの射撃だった。

藤之助も手慣れたスミス・アンド・ウエッソン三十二口径五連発リボルバーの引き金を絞っていた。

剣で言えば後の先だ。

だが、藤之助は相手の動きを誘い込んでその動きを見ながら応撃した分、確かな姿勢での一撃必殺の射撃だった。

藤之助は見ていた。

放たれた銃弾が、
ぽつん

とさしがねの弐七の縦縞の服の左胸に吸い込まれたのを。そして、ほぼ同時に弐七の放った銃弾が藤之助の左鬢《びん》を掠《かす》めて飛び去ったのを感じ取った。

弐七の体が欄干に叩き付けられ、両足が虚空に浮き上がると、

くるり

と後ろ向きに神田川の流れへと落下していった。

藤之助は弐七の片方の草履《ぞうり》が橋の上に残っているのを一瞥《いちべつ》すると、戦いの場所へと走り戻った。

襲撃団の頭《かしら》が小窪五右衛門と呼んだ槍遣いか、今しも乗物を必死で守る堀田家の家臣の体と体の間から朱塗《しゆぬり》の長柄の穂先を乗物の扉に突き刺そうと腰を捻った。

その瞬間、藤之助の手のリボルバーがこの夜、二発目の三十二口径弾を発射した。走りながらで七、八間の距離があったが、銃弾は小窪の左の腰に命中すると横倒しにした。

藤之助が手にするスミス・アンド・ウエッソン三十二口径は試作銃のために五連発という特殊な装弾形式だった。

乗物を取り巻く襲撃団に残りの三発を次々に放つと乗物を囲んでいた陣形が大きく乱れた。

藤之助は襲撃団の人数が十五、六人と見ながら、神田川の流れを背にした乗物の前に走り寄った。そこには陣内嘉右衛門が刀の柄に手をおいて控えていた。

「遅くなりました」

と声をかけた藤之助はくるりと手のリボルバーを回して銃把《じゅうは》を嘉右衛門に差し出し、

「お預かり下され、銃弾は撃ち尽くしてござる」

と渡した。

視線を襲撃団に戻した。

刺客たちは乱れた陣容を立て直して再び乗物を半円に囲もうとしていた。

「どなたの意を含んだ刺客かは存ぜぬ。講武所軍艦操練所付教授方座光寺藤之助、お相手致す」

この夜初めて、藤之助は腰の藤源次助真《とうげんじすけざね》刃渡り二尺六寸五分をそろりと抜くと、頭上に高々と構えた。

「扉を開けよ」

と藤之助の背で堀田正睦が家来に命じた声がした。正睦は藤之助が加わったのを確かめ、戦いの様子を見るつもりか。

襲撃陣は二重の半円で藤之助を囲んだ。

敵方を一身に引きつけ、藤之助の頭上の剣がさらに夜空を高々と突いた。

「流れを呑め、山を圧せよ」

信濃《しなの》一傳流《いちでんりゅう》の基本の構えである。

襲撃陣には藤之助の体が、突然行く手に立ち塞がった巨岩か巨壁と変じたように思われた。

ふうっ
と息を吐き、息を吸った。

「参る」

藤之助の呟きにも似た宣告に半円の要《かなめ》、正面にいた二人が、

「おおっ」

と応じて踏み込もうとした。

行く手を塞ぐ巨岩が雪崩《なだ》れ落ちるように動いたのを二人の攻撃者は見た。

次の瞬間、肩と腰に激痛が走り、踏み込む姿勢のままその場に潰《つぶ》されていた。

黒い影が旋風《つむじ》のように舞い、半円の左翼を襲い、助真がきらりきらりと小者の持つ提灯《ちょうちん》の明かりを受けて煌めき、その度に一人ふたりと戦列を離脱していった。

ぽーん
と藤之助の巨軀《きょく》が元の場所に飛び戻った。

「信濃一傳流独創の天竜暴れ水《てんりゅう》」

藤之助が宣告したが息一つ乱れてはいなかった。

襲撃団は一瞬の裡《うち》に半数に減じていた。そして、その足元に藤之助一人に倒された刺客たちが呻吟《しんぎん》していた。

「もはやそなたらの企て失敗にござる。怪我人を抱えて引き上げなされ、差し許す」

との藤之助の言葉に半円の後ろに控えていた武家が、

「このままでは許さぬ」

と吐き捨てると引上げを命じた。

その動きに注意を払いながら、

「陣内様、怪我人は何人にございますな」

と嘉右衛門に聞いていた。

「最初の不意打ちに三、四人が手傷を負ったようだ」

と応じた嘉右衛門が改めて調べさせた。

「座光寺」

と背から老中首座堀田正睦の声がした。

「はっ」

と応じた藤之助は抜き身を背に回すと乗物の前に片膝を突いた。

「そなたの噂の剣、初めて間近で見た」

「恐れ入ります」

藤之助が顔を伏せて答えた。

正睦はしばし沈黙していたが乗物の扉は開けられたままだ。

「殿、怪我人は五人、生死に関わる傷の者はおりませぬ。一番手傷の重い園部源久《そのべげんきゅう》はそれがしの駕籠《かご》に乗せましてございます」

嘉右衛門が主に行列がいつでも進発できることを報告した。

頷いた正睦が、

「座光寺、先が見えないままに刀を振りかざし、鉄砲を撃ちかけての空騒ぎが本式に起こるのはこれからじゃ。この流血も流血で終わらせてはならぬ」

「はっ」

「互いに政治の駆け引き、剣槍の戦いの向こうに待つ、新しい時代を忘れてはなるまい」

「肝《きも》に銘じます」

「座光寺藤之助、頼む」

と最後に言った堀田正睦の顔が閉じられた扉の向こうに消え、

「ご進発！」

の声が昌平橋に響いた。

本書は文庫書下ろし作品です

|著者| 佐伯泰英　1942年福岡県生まれ。闘牛カメラマンとして海外で活躍後、国際冒険小説執筆を経て、'99年から時代小説に転向。迫力ある剣戟シーンや人情味ゆたかな庶民性を生かした作品を次々に発表し、平成の時代小説人気を牽引する作家に。文庫書下ろし作品のみで累計2000万部を突破する快挙を成し遂げる。「密命」「居眠り磐音江戸双紙」「吉原裏同心」「夏目影二郎始末旅」「古着屋総兵衛影始末」「鎌倉河岸捕物控」「酔いどれ小籐次留書」など各シリーズがある。講談社文庫では、『変化』『雷鳴』『風雲』『邪宗』『阿片』『攘夷』『上海』『黙契』『御暇』『難航』に続き、本書が「交代寄合伊那衆異聞」シリーズ第11弾。

海戦《かいせん》　交代寄合伊那衆異聞《こうたいよりあいいなしゅういぶん》

佐伯泰英《さえきやすひで》

講談社文庫

定価はカバーに表示してあります

2009年9月15日第1刷発行

発行者――鈴木　哲

発行所――株式会社　講談社

東京都文京区音羽2-12-21　〒112-8001

電話　出版部（03）5395-3510

販売部（03）5395-5817

業務部（03）5395-3615

Printed in Japan

デザイン―菊地信義

本文データ制作―講談社プリプレス管理部

印刷――大日本印刷株式会社

製本――大日本印刷株式会社

落丁本・乱丁本は購入書店名を明記のうえ、小社業務部あてにお送りください。送料は小社負担にてお取替えします。なお、この本の内容についてのお問い合わせは文庫出版部あてにお願いいたします。

ISBN978-4-06-276461-2

講談社文庫刊行の辞

二十一世紀の到来を目睫に望みながら、われわれはいま、人類史上かつて例を見ない巨大な転換期をむかえようとしている。

世界も、日本も、激動の予兆に対する期待とおののきを内に蔵して、未知の時代に歩み入ろうとしている。このときにあたり、創業の人野間清治の「ナショナル・エデュケイター」への志を現代に甦らせようと意図して、われわれはここに古今の文芸作品はいうまでもなく、ひろく人文・社会・自然の諸科学から東西の名著を網羅する、新しい綜合文庫の発刊を決意した。

激動の転換期はまた断絶の時代である。われわれは戦後二十五年間の出版文化のありかたへの深い反省をこめて、この断絶の時代にあえて人間的な持続を求めようとする。いたずらに浮薄な商業主義のあだ花を追い求めることなく、長期にわたって良書に生命をあたえようとつとめるところにしか、今後の出版文化の真の繁栄はあり得ないと信じるからである。

同時にわれわれはこの綜合文庫の刊行を通じて、人文・社会・自然の諸科学が、結局人間の学にほかならないことを立証しようと願っている。かつて知識とは、「汝自身を知る」ことにつきていた。現代社会の瑣末な情報の氾濫のなかから、力強い知識の源泉を掘り起し、技術文明のただなかに、生きた人間の姿を復活させること。それこそわれわれの切なる希求である。

われわれは権威に盲従せず、俗流に媚びることなく、渾然一体となって日本の「草の根」をかたちづくる若く新しい世代の人々に、心をこめてこの新しい綜合文庫をおくり届けたい。それは知識の泉であるとともに感受性のふるさとであり、もっとも有機的に組織され、社会に開かれた万人のための大学をめざしている。大方の支援と協力を衷心より切望してやまない。

一九七一年七月

野間省一

阿部昭

未成年・桃

阿部昭短篇選

時代に背を向け不器用に生きた元軍人の父と家族の苦い戦後を描く「未成年」、幼年期の記憶に揺曳する一情景が鮮烈に甦る「桃」など、〈短篇の名手〉の秀作十篇精選。

解説=坂上弘　年譜=著者・阿部玉枝

あB6

978-4-06-290060-7

室生犀星

哈爾濱《ハルビン》詩集・大陸の琴

昭和十二年四月、旅行嫌いの犀星が、生涯でただ一度の海外（満洲）旅行に出かけた。「古き都」哈爾濱への憧れが書かせた、表題作の詩集・小説ほか随筆四篇を収録。

解説=三木卓　年譜=星野晃一

むA6

978-4-06-290062-1

加藤典洋

アメリカの影

戦後日本とアメリカの関係を根底から問う鮮烈なデビュー作。「無条件降伏」それ自体を問題にすることで、原爆投下、新憲法、天皇制への新しい視座を提出する。

解説=田中和生　年譜=著者

かP2

978-4-06-290061-4

司馬遼太郎 新装版 尻啖え孫市(上)(下)
司馬遼太郎 新装版 王城の護衛者
司馬遼太郎 新装版 妖 怪(上)(下)
司馬遼太郎 新装版 風の武士(上)(下)
司馬遼太郎 海音寺潮五郎 新装版 日本歴史を点検する
司馬遼太郎 井上ひさし 新装版 国家・宗教・日本人
司馬遼太郎 陳舜臣 金達寿 新装版 歴史の交差路にて〈日本・中国・朝鮮〉
柴田錬三郎 岡っ引どぶ 正・続〈柴錬捕物帖〉
柴田錬三郎 お江戸日本橋(上)(下)
柴田錬三郎 三 国 志〈柴錬痛快文庫〉
柴田錬三郎 江戸っ子侍(上)(下)
柴田錬三郎 貧乏同心御用帳
柴田錬三郎 新装版 岡っ引どぶ〈柴錬捕物帖〉
柴田錬三郎 新装版 顔十郎罷り通る(上)(下)
柴田錬三郎 新装版 岡っ引どぶ(続)〈柴錬捕物帖〉
城山三郎 ビッグボーイの生涯〈五島昇その人〉
城山三郎 この命、何をあくせく
白石一郎 火 炎 城
白石一郎 鷹ノ羽の城

白石一郎 銭の城
白石一郎 びいどろの城
白石一郎 庖丁ざむらい〈十時半睡事件帖〉
白石一郎 観音妖女〈十時半睡事件帖〉
白石一郎 刀〈十時半睡事件帖〉
白石一郎 犬を飼う武士〈十時半睡事件帖〉
白石一郎 出世長屋〈十時半睡事件帖〉
白石一郎 おんな舟〈十時半睡事件帖〉
白石一郎 東海道をゆく〈十時半睡事件帖〉
白石一郎 海よ島よ〈歴史紀行〉
白石一郎 乱世を斬る〈歴史エッセイ〉
白石一郎 海 将(上)(下)
白石一郎 蒙古襲来〈海から見た歴史〉
志茂田景樹 真・甲陽軍鑑〈武田信玄の秘密〉
志水辰夫 帰りなん、いざ
志水辰夫 花ならアザミ
志水辰夫 負 け 犬
新宮正春 抜打ち庄五郎
島田荘司 占星術殺人事件

島田荘司 殺人ダイヤルを捜せ
島田荘司 火 刑 都 市
島田荘司 網走発遙かなり
島田荘司 御手洗潔の挨拶
島田荘司 死者が飲む水
島田荘司 斜め屋敷の犯罪
島田荘司 ポルシェ911《ナインイレブン》の誘惑
島田荘司 御手洗潔のダンス
島田荘司 本格ミステリー宣言
島田荘司 本格ミステリー宣言II〈ハイブリッド・ヴィーナス論〉
島田荘司 暗闇坂の人喰いの木
島田荘司 水晶のピラミッド
島田荘司 自動車社会学のすすめ
島田荘司 眩（めまい）暈
島田荘司 ア ト ポ ス
島田荘司 異 邦 の 騎 士
島田荘司 改訂完全版 異邦の騎士
島田荘司 島田荘司読本
島田荘司 御手洗潔のメロディ

講談社文庫　目録

講談社文庫　目録

講談社文庫　目録

田辺聖子　春情蛸の足
立原正秋　春のいそぎ
立原正秋　雪のなか
谷川俊太郎訳　和田誠絵　マザー・グース　全四冊
立花隆　中核VS革マル　(上)(下)
立花隆　日本共産党の研究　全三冊
立花隆　青春漂流
立花隆　同時代を撃つ〈情報ウォッチング〉I～III
立花隆　生、死、神秘体験
高杉良　虚構の城
高杉良　大逆転！〈小説三菱・第一銀行合併事件〉
高杉良　バンダルの塔
高杉良　労働貴族
高杉良　広報室沈黙す　(上)(下)
高杉良　会社蘇生
高杉良　炎の経営者　(上)(下)
高杉良　小説日本興業銀行　全五冊
高杉良　社長の器
高杉良　祖国へ、熱き心を〈東京にオリンピックを呼んだ男〉

高杉良　その人事に異議あり〈女性広報主任のジレンマ〉
高杉良　人事権！
高杉良　小説消費者金融〈クレジット社会の罠〉
高杉良　小説新巨大証券　(上)(下)
高杉良　局長罷免－小説通産省
高杉良　首魁《しゅかい》の宴《うたげ》〈政官財腐敗の構図〉
高杉良　指名解雇
高杉良　燃ゆるとき
高杉良　挑戦つきることなし〈小説ヤマト運輸〉
高杉良　辞表撤回
高杉良　銀行大合併〈短編小説全集(上)〉
高杉良　エリートの反乱〈短編小説全集(中)〉
高杉良　金融腐蝕列島　(上)(下)
高杉良　小説ザ・外資
高杉良　銀行大統合〈小説みずほFG〉
高杉良　勇気凛々
高杉良　混沌《こんとん》　新・金融腐蝕列島　(上)(下)
高杉良　乱気流　(上)(下)
高杉良　小説会社再建

高杉良　小説ザ・ゼネコン
高杉良　新装版　懲戒解雇
高橋源一郎　日本文学盛衰史
高橋克彦　写楽殺人事件
高橋克彦　悪魔のトリル
高橋克彦　総門谷
高橋克彦　北斎殺人事件
高橋克彦　歌麿殺贋《さつがん》事件
高橋克彦　バンドネオンの豹《ジャガー》
高橋克彦　蒼《あお》夜《や》叉《しゃ》
高橋克彦　広重殺人事件
高橋克彦　北斎の罪
高橋克彦　総門谷R　阿黒篇
高橋克彦　総門谷R　鵺（ぬえ）篇
高橋克彦　総門谷R　小町変妖篇
高橋克彦　総門谷R　白骨篇
高橋克彦　1999年〈対談集〉
高橋克彦　星封陣
高橋克彦　炎《ほむら》立つ　壱　北の埋み火

2009年9月15日現在